American Boys

Khashayar J. Khabushani

American Boys

roman

Traduit de l'anglais
par Charles Bonnot

DENOËL
& D'AILLEURS

Titre original :
I Will Greet the Sun Again

First published by Hogarth
Translation rights arranged by The Clegg Agency, Inc., USA.

À ma dream team qui a rendu ce rêve possible :

Bill Clegg
David Ebershoff
Parisa Ebrahimi
Martin Pousson
Isabel Wall

« Tout dépend de l'ardeur avec laquelle on extirpe de cette expérience la dernière goutte qu'elle puisse rendre, douce ou amère. C'est là le seul vrai souci de l'artiste, de recréer, hors du désordre de sa vie, cet ordre qu'est l'art. »

James BALDWIN, *Chroniques d'un enfant du pays*, « Notes autobiographiques », traduction Marie Darrieussecq, Gallimard, 2019.

« Je saluerai encore le soleil
Le ruisseau qui coulait en moi (…)
Je viens, je viens, je viens
Et le seuil débordera d'amour »

Forough FARROKHZAD, « Je saluerai encore le soleil », traduction Laura et Ardeschir Tirandaz

I

LE NOM D’UN ROI

Après avoir descendu l'échelle de notre lit superposé, je quitte la chambre exiguë que je partage avec mes frères. L'appartement est silencieux et étouffant et Maman est endormie sur le sol du salon. Je franchis la porte d'entrée et la referme sans bruit.

J'effleure le stuc jaune écaillé du mur de la cour. J'ai une croûte claire et épaisse sur l'avant-bras, souvenir du jour où Shawn m'a plaqué contre le mur quand on jouait au béret. Pareille à un tatouage, elle me rappelle combien c'est agréable de grandir, de m'endurcir.

Le petit matin est le seul moment de la journée où je peux être tout seul dehors. Le ciel de la vallée de San Fernando est éclatant et vide. Quelque part, un souffleur de feuilles vrombit. Je ne vois pas la ville d'ici, mais je sais qu'un jour je ne me contenterai plus de ces murs en stuc et ces touffes d'herbe brune.

Pour une fois, la laverie ne crache pas sa vapeur bizarre. Je gravis l'escalier aux marches de béton renforcé de galets, que je monte deux par deux. Je passe une porte en métal blafard, j'emprunte un couloir humide puis un autre, je marche sur la moquette, piétinant les taches de soda sombres et les trous de cigarettes.

Je toque assez fort à la porte de chez Johnny pour qu'il m'entende, mais rapidement, pour ne pas déranger sa mère qui doit être en train de se servir un café et de fumer sa première cigarette. Elle entrouvre à peine. Il fait encore dodo, dit Cynthia, en laissant échapper un mince filet de fumée entre ses lèvres.

Je repasserai, lui réponds-je, me dépêchant de rentrer avant le retour de Baba.

Maman n'est pas encore levée. Elle respire sans bruit, le visage brillant de sueur. Un mince drap beige remonté jusqu'au menton, sa poitrine qui se soulève doucement, Maman est belle quand elle dort.

Shawn est assis au pied du triple lit superposé que Baba nous a construit, les cacas d'œil croustillants toujours coincés aux coins de ses paupières. Il est occupé à se moucher directement dans sa manche.

Et tu te demandes pourquoi les filles ne veulent pas de toi, se moque Justin en se penchant depuis le lit du haut. Ça fait rire Shawn et moi avec.

Elle en a pas marre, sa mère, que tu te pointes chez eux à l'aube tous les matins ? me demande Shawn.

Comme si je ne m'étais jamais posé la question. Comme je ne veux pas qu'il vienne avec moi quand j'y retournerai tout à l'heure, je lui mens et dis qu'ils n'ont pas répondu.

Il essaie de passer une manette à Justin, dont les jambes maigres pendent par-dessus le rebord de notre lit. Justin demande à Shawn pour la millionième fois pourquoi, puisqu'il n'aime pas le basket dans la vraie vie, il tient à y jouer sur la console.

Qu'est-ce que tu racontes ? s'étonne Shawn. J'adore le basket. C'est juste que je peux pas y jouer.

Je lui demande pourquoi.

À ton avis ? Regarde un peu autour de toi.

On est vendredi, c'est le dernier week-end des grandes vacances. Dans le salon, j'entends Maman qui se lève. Elle commence par replier son lit qui n'en est pas vraiment un, seulement quelques draps, un oreiller et une épaisse couverture pelucheuse qu'elle a emportée quand elle a quitté Ispahan. Après avoir tout rangé dans le placard, elle pose la bouilloire sur la plaque afin de préparer le chaï pour quand Baba rentrera à la maison.

Baba nous appelle, moi et mes frères, d'une voix qui traverse les murs de notre chambre.

Je le trouve en train de vider ses poches par terre. Des dizaines de billets de vingt dollars. Je ne l'ai jamais vu avec autant d'argent sur lui. La fierté irradie de son visage, pour une fois il a eu de la chance au casino. Nous allons fêter ça, promet-il en gagnant le sofa autour duquel nous n'avons pas le droit de faire le moindre bruit quand il dort, et il retire lentement sa chemise froissée et son pantalon de costume gris.

Maman est assise à la table de la cuisine, elle attaque son petit déjeuner, le même chaque matin. Nān-e barbari avec du panir, des noix et du miel, sans oublier une petite assiette de ghormeh-sabzi frais, qu'elle mange à tous les repas. Ses longues boucles noires sont retenues par une pince. Elle n'est pas maquillée mais elle est si belle, Maman.

Tu as faim ? me demande-t-elle en me tendant un morceau de pain couvert de fromage émietté.

Une théière est posée sur le samovar près de la gazinière. Maman attend qu'elle ait fini d'infuser tandis que je ramasse quelques billets de vingt. Quand Baba regarde ailleurs, je lui en glisse un qu'elle range dans son sac à main en portant un doigt à ses lèvres. Nous nous mettons alors silencieusement d'accord pour dire que nous ne rendrons pas cet argent, même si Baba nous le réclame.

Baba est étendu sur le canapé, son poignet sur le front, nimbé d'une lourde odeur de cigarette. Je me penche pour lui faire un câlin. Il m'attire vers ses joues piquantes et m'embrasse. Il a les yeux rougis et gonflés de lourdes poches. On dirait qu'il ne pourra plus jamais se réveiller une fois qu'il se sera endormi. Je prends soin de ne pas faire de bruit quand je vais prévenir mes frères qu'il a gagné plein d'argent.

Au lieu de mettre la partie sur pause pendant mon absence, Shawn a continué à jouer.

Qui va à la chasse perd sa place, sourit-il.

Il n'était pas *à la chasse*, gros débile, dit Justin, toujours dans son lit. Il était avec Baba. Qu'est-ce qu'il voulait ? me demande-t-il.

Baba a touché le méga-jackpot, annoncé-je à mes frères.

Ah ouais ? fait Shawn. Combien vous pariez que demain matin il ne restera plus un rond ?

Je lui dis qu'il se trompe et Justin sort un billet froissé du pactole qu'il planque sous son matelas depuis Norouz et l'agite devant nous. Cinq balles que Baba va continuer de gagner, lance-t-il à Shawn, qui se lève de son lit, deal. Mais faudra pas venir chialer quand je t'aurai pris ta thune, le prévient Shawn, et après s'être chacun craché dans la paume, mes frères se serrent la main. Je grimpe dans mon lit pour cacher le billet que j'ai pris dans le jackpot de Baba. Johnny va être vachement impressionné quand je lui montrerai ça.

Baba entre triomphalement dans notre chambre en frappant dans ses mains. Il a les épaules détendues, les joues rendues luisantes par le rasage, les rares cheveux qu'il lui reste sont plaqués sur le côté du crâne. Il porte un pantalon gris dans lequel il a enfoui le bas d'une chemise blanche repassée. Tavalod, tavalod, Tavalod-et Mobārak, entonne Baba en éteignant la console, il se balance et danse comme il le fait aux mehmooni, quand les shirini ont été servis et que l'on monte le volume. Un « Joyeux anniversaire » persan rien que pour moi.

Nous sommes une semaine après la date de mon anniversaire, mais Baba annonce que nous allons le fêter aujourd'hui, comme promis. Ensemble, dit-il, comme une vraie famille.

Je me dépêche de descendre en faisant attention à hauteur de la troisième marche. Après avoir découvert le *nique ta mère* que Justin avait gravé dessus, Baba l'a fait sauter à coups de marteau. Il n'a pas pris la peine de demander lequel de nous avait fait ça, une chaussure à la main, il nous a alignés tous les trois face à notre lit, et Justin a encaissé sans dire un mot. C'est moi qui ai pleuré le plus fort, bien que ce fût Shawn qui ait pris la plus grosse volée. En tant qu'aîné, a dit Baba, il est censé avoir du plomb dans la tête. Il a beau être le plus vieux, Shawn est le moins grand de nous trois, il est plus petit que Justin et même plus petit que moi.

Arrivé à côté de Baba, je lui demande de me faire son super claquement de doigts persan. Injoori, me montre-t-il, en rapprochant ses épaisses mains usées. J'observe pour comprendre comment il fait, le bout de son annulaire qui glisse contre son index, les détonations pareilles à des mini-feux d'artifice qui résonnent dans notre chambre tandis qu'il se met à siffler. Maintenant que Baba fait de la musique, je lève les bras, je fais rouler et tournoyer mes poignets lentement, je balance les hanches comme je l'ai vu le faire au milieu de la piste de danse, Baba, toujours le premier pour mettre de l'ambiance.

Quel âge ? me demande-t-il, comme s'il ne le savait pas déjà. Je lève cinq et quatre doigts, je montre que je me rapproche des dix ans de Justin et des douze de Shawn. D'un jour à l'autre, m'assure Baba, tu vas devenir un homme.

Māshāllāh, s'exclame-t-il, avec un sourire toujours plus large, les yeux plissés et les gencives découvertes, luisantes et roses, dansant à côté de moi tandis que mon corps suit les mouvements du sien.

Maryam-jan, crie-t-il à Maman. Viens vite, viens voir ton fils.

Juste là, dans notre immeuble, nous dit Baba, un barbecue et deux bancs, rien que pour nous. Elle est…

… pas belle, la vie ? l'interrompt Shawn, terminant à sa place sa réplique préférée. Il sort de notre chambre, suivi de Baba, Justin et moi.

Maman nous rejoint à la petite aire de pique-nique au pied de notre immeuble. Elle a tout préparé. Des oignons et des tomates. Des filets de poulet marinés dans le curcuma et l'huile qui brillent comme de l'or. Elle est vêtue de sa longue tunique, une écharpe nouée lâchement autour de ses cheveux. Elle agite un morceau de carton pour essayer d'attiser les braises. Elle demande à Shawn de ramasser les déchets qui traînent par terre autour de nous, il va jeter les assiettes en carton tachées de ketchup et les serviettes en papier abandonnées par ceux qui sont passés là avant nous.

C'est pour toi, me dit Baba, en me tendant mon cadeau d'anniversaire sous le regard de mes frères : une couronne en papier dorée de chez Burger King, dont il sait que c'est mon fast-food préféré.

Il me dit de venir me mettre devant le gril car il veut prendre une photo, pour l'Iran, pour qu'ils voient comme son petit dernier est beau.

Shawn s'assoit sur le vieux banc à moitié fendu et me dit que j'ai l'air débile tandis que Baba m'explique comment positionner mes bras.

Justin s'est déjà éloigné pour cueillir des pissenlits le long de l'allée bétonnée qui serpente dans la résidence. Il aime bien rapporter ceux qui ne sont pas encore morts dans notre chambre et les mettre dans le vase que Maman l'autorise à garder près de la fenêtre. Il dit que ça fait un joli truc à regarder. Comme une chambre d'hôtel à nous.

Baba continue de prendre des photos, il appuie sur le déclencheur et fait rouler la molette de son appareil. Une fois qu'il a fini, il le repose et me demande d'approcher. Il me prend par les épaules et tâte mes biceps. Ton frère est de plus en plus costaud, dit-il à Shawn, puis il se penche vers moi, son épaisse moustache me chatouille la joue quand il me murmure à l'oreille un secret rien que pour nous deux, que c'est moi son préféré. Il étire mon nom d'une voix forte, comme s'il voulait que tout l'immeuble l'entende. Son benjamin qui porte le nom d'un roi perse, notre premier souverain, le plus grand, même si moi, je n'ai jamais ressenti ni la puissance ni l'importance d'un roi. Au contraire, chaque fois que Baba prononce mon nom, j'ai envie de disparaître, honteux, de tourner le dos à quiconque risquerait de l'entendre. Je déteste ce prénom qui sonne si étranger et vieux.

C'est pour cette raison que personne à part lui ne m'appelle ainsi, ni Johnny, ni Christian, ni même les adultes de l'école qui bafouillent chaque fois qu'ils voient mon nom apparaître sur la liste d'appel. Je leur dis de m'appeler K, car contrairement à Baba et Maman, je suis né ici et, comme mes frères, je veux être vu comme un garçon de L.A., puisque c'est ce que je suis. Comme Christian et Johnny, comme mes copains de l'école. Un jour, j'aurai même des tatouages moi aussi, je porterai une casquette des Dodgers et des lunettes de soleil partout où j'irai, je boirai toutes les bières qui existent.

Bien que je connaisse la réponse, je demande à Shawn pourquoi Justin et lui ont des prénoms américains et pas moi.

Quand tu étais dans le ventre de Maman, me répond Shawn avec un grand sourire, Baba a fait un rêve dans lequel tu devenais le prochain shah d'Iran.

Il trouve ça désopilant.

Baba surveille les oignons et les tomates, les retourne et crie à Justin de revenir. Notre frère essaie de se retenir de rire quand Shawn va se planter derrière notre père pour faire des grimaces, puis Maman me dit d'aller inviter les voisins.

Pendant tout ce temps, j'observe l'escalier du coin de l'œil, en espérant que Johnny ne viendra pas s'asseoir sur les marches comme il en a l'habitude. Il verrait alors comme Baba est sévère avec nous, sa tenue guindée, comme si nous étions sur le point d'aller à la mosquée pour le namaz. Il verrait combien nous sommes différents, mes frères et moi, même si nous nous comportons comme lui. Maman qui porte son foulard, Baba qui parle farsi et qui ressemble plus à notre grand-père qu'autre chose. Il semble en être fier en plus, comme si avoir pratiquement vingt ans de plus que Maman était une raison de s'enorgueillir.

Ils ne sont pas chez eux, dis-je à Maman.

Baba retire un à un les morceaux de poulet grillés du barbecue. Il les place sur les longues galettes de sésame, laissant le naan sangak absorber le jus qui goutte des cuisses désossées.

Les amis avec qui tu vas tout le temps jouer dehors, insiste Maman.

Tu veux dire Christian ? demande Shawn.

Baleh, confirme Maman. Mais l'autre aussi.

Il s'appelle Johnny, lui rappelle Shawn.

Demande-leur…

Velesh kon, l'interrompt Baba. On n'a pas le temps.

Baba nous ordonne de le suivre sur le parking en nous disant que nous pourrons finir de manger dans la voiture. Nous partons, notre assiette à la main, et c'est alors que je le remarque, assis dans l'escalier. Johnny porte sa casquette des Dodgers serrée sur son crâne, la visière abaissée jusqu'aux sourcils. Il a les jambes écartées, les coudes posés sur les genoux, les mains qui pendent entre ses cuisses comme si ses paumes étaient trop lourdes. Il me fait un signe de tête, un infime sourire sur les lèvres.

Si c'était la nuit et que sa mère était partie bosser, il lui aurait piqué une Marlboro et tirerait de longues taffes en scrutant le ciel bleu-noir qui, quand on a de la chance, nous offre quelques étoiles éparpillées. Mais là, Johnny regarde dans le vide, à la façon des mecs des gangs du quartier quand ils zonent, assis sur le trottoir le long de Lanark Park : penchés en avant, le dos voûté, tournant lentement la tête à droite et à gauche. Johnny les imite. Il attend que cette journée dans la vallée, stagnante et chaude, lui apporte quelque chose, n'importe quoi.

Nous empruntons le canyon de Malibu puis un court tunnel dans lequel Baba appuie sur le klaxon avant de jeter un regard vers mes frères et moi. Un bref sourire passe sur ses lèvres et alors commence notre rituel, Baba nous dit de tout donner, de faire le plus de bruit possible.

Mais cette fois-ci, plutôt que de crier, je baisse ma vitre, je sens la fraîcheur de l'obscurité, les ultimes échos rebondissent sur mes joues et ma mâchoire tandis que nous atteignons le bout du tunnel et c'est alors que Justin se penche en me criant de remonter ma fenêtre parce que le vent lui donne mal à la tête.

Je l'ignore. Je continue, contemplant les éclats de soleil qui percent dans les hauts arbres verts, jusqu'à ce que mon frère finisse par remonter la vitre lui-même, me coinçant le cou entre le verre et le haut de la portière, ce qui nous fait rire tous les deux alors que je le supplie de me libérer.

Après avoir roulé quelques kilomètres sur la Pacific Coast Highway, Baba trouve notre coin préféré et se gare sur le promontoire. Il place l'antivol rouge sur le volant et se dépêche d'ouvrir le coffre pour en sortir le petit réchaud Coleman sur lequel on fera chauffer le chaï pendant qu'on sera dans l'eau. On se met tous les trois en maillot. Je jette un coup d'œil vers Shawn pour voir si la sienne est rose et brun comme la mienne, tout en me demandant à quoi elle ressemblera quand je serai plus vieux.

Baba se tient au bord de la falaise. Je le rejoins et mes frères aussi, nous nous alignons tous ensemble et, l'espace d'un instant, je ferme les yeux pour écouter. Les vagues se fracassent sur le rivage, le grand souffle iodé de l'océan se mêle au bruit du vent. À l'oreille, l'eau me semble plus proche qu'elle ne l'est réellement, comme si le ronflement des flots vivait aussi en moi. Jusqu'à ce que Shawn fasse semblant de me pousser, ce qui me fout une trouille bleue. Baba nous montre ensuite trois quarters dans sa main ouverte. Tout sourire, il nous annonce qu'ils seront pour le premier arrivé à l'eau.

Justin, qui dévale le petit chemin de terre, est en tête, mais de peu. Il est suivi de Shawn, je suis sur ses talons, nous bondissons et sautons par-dessus les épaisses plantes rampantes et les rochers poussiéreux, mes pieds nus touchant le sol en même temps que les leurs. Quand nous atteignons la plage, Justin et moi poussons Shawn par terre et nous lui faisons manger de grosses poignées de sable, sous le regard de deux femmes qui demandent, Mais ils n'ont pas de parents, ces mômes ?

Je suis maintenant en tête. J'enjambe les châteaux de sable et les serviettes abandonnées et j'arrive au bord de l'eau. Justin me rejoint et nous nous retournons vers Shawn. Le soleil nous éclaire la poitrine et réchauffe notre peau. Shawn arrive enfin, les yeux rougis par le sable. Justin lance un compte à rebours à partir de cinq et je me bouche le nez quand nous plongeons dans les vagues en hurlant.

Putain, elle est froide, fait Shawn. Je sors, crie Justin.

Je les éclabousse et m'enfonce dans l'eau car une fois qu'on est dedans, ce n'est pas si affreux. Je fais la planche et regarde mes frères. Justin marche sur la plage tandis que Shawn se laisse tomber sur le sable, le corps ouvert et relâché, prêt à prendre le soleil.

Voilà que Baba arrive, descendant le sentier d'un pas incertain. Il pose la glacière à côté de Shawn et mon frère sort immédiatement une canette de Coca et l'ouvre, le liquide brun lui coule sur la bouche et le menton. Il attend que remonte de ses tripes un rot si long et si sonore que la secouriste le remarquera. Ce que Shawn préfère à la plage, c'est faire des clins d'œil à la fille de ses rêves, la sauveteuse secoue ses cheveux blonds en riant.

Elle est pas belle, la vie ? rugit Baba en mettant les bras dans l'eau, puis il court en levant les genoux pour envoyer un feu d'artifice d'écume dans ma direction, pendant que des oiseaux marins planent au-dessus de nous. Il prend de l'eau bleu vif dans ses paumes et la verse sur lui comme si Dieu lui-même l'avait mise ici pour la prière. Ainsi, Baba se purifie.

Cette fois, me crie-t-il, cette fois on va jusqu'au bout.

Il passe ses bras autour de mes épaules et je le rejoins, collant ma peau glacée contre la sienne. Tout au bout là-bas, me dit-il, en montrant un point au-delà des surfeurs qui dérivent en attendant la vague parfaite, de l'autre côté de la bouée orange qui danse à la surface et du bateau rouge et blanc des sauveteurs lancé à toute allure. Mon regard suit le sien jusqu'au bord de l'océan, là où l'eau bleu sombre monte vers les nuages gonflés, longs filetages laiteux gravés au bas du ciel. Les vagues piquent du nez et se cassent sur la poitrine de Baba, qui s'enfonce dans l'océan. Un grand sourire sur le visage, il psalmodie, encore et encore, tandis que je continue de regarder l'horizon. C'est parfait ici, dit Baba, parfait.

Il montre ensuite un point haut dans le ciel, le soleil qui transperce de sa lumière les nuages immaculés, et il me raconte, encore une fois, qu'il l'a vue dans mes yeux dès le premier jour, quand il m'a pris dans ses bras après ma naissance, cette lumière en moi, aussi puissante que le soleil.

Il m'aide à m'accrocher à son torse et à grimper sur son dos. Je laisse pendre mes jambes quand il se relève, il saisit mes chevilles et me dit qu'il est là, qu'il me tient bien.

Il recule de deux pas puis avance, il enfonce ses orteils dans le sable, ancre son équilibre, et je sens le crissement de chacun de ses pas dans ses jambes et le claquement dans sa poitrine, jusqu'à ce qu'ils cessent, car nous avons commencé à flotter. L'océan s'empare de notre poids et nous emporte vers l'horizon, la piqûre du sel et du soleil me forçant à ouvrir les yeux.

Baba tourne la tête et me dit de me préparer. Après celle-là, ajoute-t-il en fixant la vague qui approche, on plonge.

Mais tu avais dit qu'on devait aller jusqu'au bout, protesté-je, ma voix emportée par le vent.

Bientôt, crie-t-il. *Bientôt.*

J'ouvre les épaules, mon corps n'est plus serré contre celui de Baba. Les os de mon torse s'écartent quand j'aspire des bouffées d'air de plus en plus profondes pour faire des réserves tandis que Baba prend une dernière inspiration avant de disparaître.

Je monte maintenant dans le giron de l'océan, de plus en plus haut, tandis que la vague se courbe et me recouvre, m'enserre dans une grotte sourde. Là où l'océan se fait plus silencieux que Baba et mes frères ne le sauront jamais.

La peau bleue de la vague devient mienne, ses veines blanches transpercent la surface, et je regarde la grotte qui se fend puis se brise, me recrachant et malmenant mon corps, mon visage heurte le fond de l'océan et pourtant – là, au fond, les poumons en feu, l'estomac retourné par le sel et l'océan qui me dit, Je t'avais prévenu, prévenu, tu n'aurais jamais dû t'aventurer aussi loin – je ne ferme pas les yeux, je ne supplie pas pour que ça s'arrête, je continue de regarder. J'attends qu'il revienne, ce joli moment où j'ai été bordé par mon propre silence, où je me suis fait remarquer.

Justin est le premier à retirer la housse de son oreiller et nous invite à en faire autant en nous disant qu'il a eu une idée. Ça fait maintenant une éternité qu'on se retourne dans nos lits, transpirants. Il fait une chaleur à crever dans notre chambre et rien ne marche, pas même rapprocher le ventilateur de notre lit.

Plus l'heure avance, plus je me sens réveillé, je devine déjà la brûlure dans mes yeux au moment où le réveil sonnera demain matin.

Shawn et moi faisons ce qu'il nous dit, n'importe quoi pourvu que ça fasse baisser la chaleur. Nous sortons de nos lits pour aller à l'évier de la cuisine. Justin ouvre le congélateur, passe sa taie sous l'eau et la fourre dedans.

La vache, c'est la meilleure idée que t'aies eue, dit Shawn au bout de quelques minutes, enfonçant son visage dans la taie de Justin avec un soupir, avant de renouveler l'opération avec la sienne et la mienne. Il les mouille, les met au congélateur et attend encore plus longtemps pour qu'elles soient plus froides.

C'est dégueu maintenant, dis-je à Justin, de retour dans mon lit, quand le bord de mes draps commence à se tremper.

Après avoir insisté quelques minutes de plus, je finis par dire à mes frères que je ne réussirai jamais à dormir.

Prends ça alors, me dit Shawn en me balançant un livre corné depuis son lit. Ça s'appelle *Dunk* !

Depuis quand tu lis des livres, toi ? demande Justin.

Je ne lis pas, répond mon frère et j'entends à sa voix que c'est un motif de fierté. C'est juste ce bouquin-là et il pourrait te plaire aussi, me dit-il, en enfonçant ses orteils dans mon matelas.

Je le lève dans la lumière du lampadaire qui entre par la fenêtre. Je l'ouvre au milieu car c'est comme ça que je fais : je n'ai jamais commencé un livre au début et je n'en ai jamais fini un seul.

Il faut être plus que bon, il faut toujours avoir faim. Si tu penses à autre chose qu'à avoir le ballon et gagner le match, t'es foutu.

Je continue de lire ce livre qui se déroule dans un endroit qui ressemble à chez nous, dans lequel des gamins traînent sur des marches fendues, comme on le fait avec Johnny et Christian, et ça ne m'étonne pas que Shawn le garde sous son matelas pour le lire après avoir fini de jouer au basket.

À chaque chapitre, j'ai un peu plus l'impression que j'arriverai peut-être bien à le terminer. Le garçon qui raconte mesure un mètre quatre-vingt-quatorze à dix-sept ans, il se fait appeler Slam et il a une voix qui me semble ne pas mentir et ne pas exagérer comme le fait Christian. Je ne sais pas pourquoi, ni comment, mais je sens la différence. Alors je retourne à la première page, je n'en ai plus rien à faire de dormir avant la rentrée de demain, et je reste réveillé, accompagné par la voix de Slam.

Quand le réveil sonne, il fait encore sombre et frais après cette nuit très chaude et mon lit est trop confortable pour que je le quitte. Je reste couché, le drap tiré jusqu'au menton, et j'écoute Justin descendre de l'échelle. Il allume et l'éclat soudain de la lumière me fait mal aux yeux. Il est le premier à s'habiller, Shawn n'est même pas encore réveillé.

Justin rentre le bas de sa chemise blanche dans son Dickies bleu marine, il serre sa ceinture pour que son pantalon reste bien remonté au-dessus de son nombril, comme Baba nous l'a appris. Je pose le menton sur la rambarde en bois de mon lit et lui demande d'éteindre. Justin relève la tête, un sourire calme sur le visage. Bonjour à toi aussi, dit-il.

Baba vient voir où on en est et s'assurer que nous avons préparé nos cartables hier soir, que nos vêtements sont bien empilés, pliés, dans le coin près de la porte. Zood bāsh, dit-il pour qu'on se dépêche.

Il retourne dans le salon avec Justin pour finir de préparer le chaï, déjà le parfum de sucre chaud et de cardamome flotte dans l'appartement. Je descends de mon lit sans prendre la peine de me tenir aux bords de l'échelle, ce qui est une erreur car lorsque je tente de poser le pied sur le barreau disparu, je perds l'équilibre et tombe. J'atterris la face sur la moquette, les miettes et la poussière me collent au visage. Qu'est-ce qu'il y a de drôle ? lancé-je à Shawn, qui est écroulé dans son lit, le genre de fou rire qui peut lui couper le souffle pendant vingt secondes, puis, lorsqu'il parvient enfin à respirer, il secoue la tête et dit, Regarde-toi, puis, sans cesser de se marrer, il retire son caleçon et attrape la serviette qu'il accroche toujours à l'échelle.

Baba revient. Plus qu'une minute, annonce-t-il.

Eh bah, je serai pas propre pour la rentrée, grommelle-t-il en remettant son caleçon.

Shawn a fixé un panier de basket en plastique en haut de la porte du placard. Je l'ouvre et j'enfile ses vêtements de l'an dernier. Son polo blanc couvert de taches qui ne partent pas, le bermuda que je porte même quand il fait froid, comme ce matin.

Dans la cuisine, où un verre de thé nous attend, Baba parle à voix basse parce que Maman dort encore, il dit qu'elle est rentrée il y a une heure seulement. Elle est aide-soignante et le soir, avant de partir à l'hôpital pour son service, elle suit des cours pour avoir un autre diplôme. Je feuillette son manuel posé sur le comptoir de la cuisine, des images du corps humain et de longues colonnes le décrivant dans les moindres détails que je comprends à peine. Maman est loin de parler aussi bien anglais que nous, mais elle arrive à valider ses cours.

Je demande à Baba s'il a trouvé un travail, si c'est pour ça qu'il nous emmène aussi tôt à l'école, mais il secoue la tête. Je ne comprends pas : puisqu'il est, comme il le dit lui-même, le meilleur ingénieur d'Amérique, pourquoi n'a-t-il pas pu rester chez Boeing ? Ça fait presque deux ans et il n'a toujours pas retrouvé de poste. Ne t'inquiète pas comme ça, me dit-il quand je lui demande si on retournera un jour dans notre maison, Baba va s'occuper de tout.

Je suis le premier arrivé devant le préfabriqué bancal qui nous sert de salle de classe. La maîtresse n'est pas là, le matin est encore gris et sombre. J'attends que le soleil perce les nuages. Il finit toujours par apparaître, même quand le ciel est couvert ou pluvieux, et il est parfois accompagné d'un arc-en-ciel pâle dont les deux extrémités disparaissent tranquillement derrière les montagnes.

Planté là, tout seul, à claquer des dents, je râle parce que je suis obligé d'aller à l'école pendant que Maman est au chaud dans notre appartement. Elle doit être levée et en train de préparer le petit déjeuner, baignant dans l'odeur du pain qui cuit au four. Elle boit son chaï en regardant la buée du matin couler le long des fenêtres du salon. J'aimerais être à la maison avec elle, sans mes frères ni Baba pour nous déranger, à l'aider dans ses tâches avant qu'elle parte travailler, qu'elle me dise combien je suis serviable, comme elle est heureuse que je sois son fils.

Le reste de ma classe arrive progressivement. Ils se rangent en file derrière moi, ils se montrent leurs nouvelles baskets et racontent leur été. Je reste tourné vers le préfabriqué pour dissimuler les taches sur mon polo. Personne ne verra l'avant de mon T-shirt tant que je ne serai pas assis à mon bureau. J'ai appris l'an dernier qu'il était impossible de se faire de nouveaux copains ou d'avoir une amoureuse si on arrive avec des vêtements sales à la rentrée.

Notre institutrice grimpe maintenant la petite rampe métallique, qui tremble et résonne sous ses pas. Elle attend que nous formions une file parfaitement droite avant d'ouvrir la porte et nous entrons tous à la suite de Ms. Kim.

Une fois à l'intérieur de la classe, dont le grand mur du fond est tapissé de posters illustrant ce que nous allons apprendre cette année – la ruée vers l'or et l'Oregon Trail, le discours de Martin Luther King, un homme avec un chapeau haut de forme qui veut que NOUS rejoignions l'armée américaine –, le silence douillet d'une nouvelle année scolaire me réchauffe les bras et les jambes.

Nous trouvons la place qui nous a été assignée, sur chaque bureau trône une boîte à crayons en plastique coloré avec notre nom dessus. La façon dont Ms. Kim nous parle donne l'impression qu'elle nous connaît depuis toujours. Elle a déjà retenu nos noms, elle sait qu'il faut m'appeler K sans que j'aie besoin de le lui demander.

Elle dit qu'elle veut que nous nous mettions au travail tout de suite, peu importe ce que les autres CM1 font de leur journée. Nous allons commencer par un concours d'orthographe, dit-elle, pour voir qui a fait ses lectures cet été.

Quelles lectures? demandé-je à mon voisin de droite, dont les cheveux sont coiffés en pics. Ses vêtements ont l'odeur du goudron noir de la cour de récré.

Il hausse les épaules. Je crois bien qu'on est fichus, me dit-il.

Ms. Kim prend place devant le tableau et essuie soigneusement les traînées de craie blanche sur son chemisier noir. Elle ne dit pas un mot, laisse nos murmures bourdonner dans la classe, et ce n'est qu'une fois que nous nous sommes complètement tus qu'elle commence.

Le vainqueur, explique Ms. Kim sans lever la voix, remportera vingt tickets. Ces tickets, poursuit-elle en se dirigeant vers le fond de la classe, accompagnée par tous nos regards, pourront être dépensés dans la boutique cadeaux.

Elle ouvre l'une des armoires pour nous montrer toutes les choses qu'elle nous a achetées. Les étagères sont remplies de haut en bas, des feutres pailletés, des gommes colorées à fixer sur nos crayons, des autocollants parfumés, des règles et des ciseaux et des piles de beau papier cartonné.

Ouverte pendant le déjeuner et la récréation, précise Ms. Kim, puis elle prend quelques prix dans ses mains pour nous montrer combien de tickets ils valent.

Mon regard est attiré par la dernière étagère, sur laquelle trône un T-shirt bleu marine. Il est orné du logo de notre école, il est donc conforme au règlement même s'il n'a pas de col. Je calcule combien de concours d'orthographe je dois gagner pour pouvoir l'acheter. Comme ça je ne serai plus obligé de porter les vieux vêtements de Shawn qui étaient déjà trop grands d'une taille pour lui l'an dernier. Bien, dit Ms. Kim en fermant la porte du magasin. Commençons.

Elle n'a pas encore atteint les mots les plus longs de sa liste qu'une bonne partie de la classe est déjà éliminée, certains n'ont même pas essayé d'épeler le mot qui leur avait été donné. Quand leur tour est arrivé, ils se sont contentés de regarder Ms. Kim sans rien dire avant de laisser tomber leur tête dans leurs bras.

C'est comme ça que j'arrive en finale. Il ne reste plus que Crystal, une fille du premier rang, et moi. Et même si elle n'en dit rien, on voit bien que Ms. Kim est déçue par notre classe.

Capitaine, annonce-t-elle.

Crystal épelle le mot sans même attendre que Ms. Kim l'emploie dans une phrase.

Notre maîtresse hoche la tête et un tonnerre d'applaudissements éclate du côté des copines de Crystal.

L'attention revient immédiatement vers moi. J'ai les jambes qui tremblent et les mains glacées. Malgré ma nervosité, j'adore que toute la classe nous regarde, j'adore qu'ils chuchotent entre eux et parient sur le vainqueur.

Emmener, dit Ms. Kim.

Ils vont m'emmener à San Francisco.

Trop facile, me dis-je, et j'entends mon voisin murmurer la même chose. Que j'ai trop de chance, que c'est pas juste.

Je bafouille, tout excité de faire un pas de plus vers mon T-shirt bleu marine, je sens déjà la douceur du tissu, son odeur sur ma peau. Je commence à épeler puis je me rends compte que je suis en train de tomber dans le piège, qu'il n'y a pas deux M mais un seul.

Alors je me reprends, je l'épelle avec un M puis j'attends les applaudissements et le nouveau mot que la maîtresse donnera à Crystal, mais au lieu de ça elle la déclare vainqueur, championne d'orthographe de la classe.

Il y a eu une erreur, suis-je sur le point de protester quand Ms. Kim écrit mon mot au tableau, orthographié correctement.

Crystal se lève et s'avance vers ma rangée, elle s'approche de ma place. Son polo blanc, comme le mien, est trop grand pour elle, elle flotte dedans et les manches courtes lui arrivent au-delà des coudes. Elle a une petite cicatrice au-dessus de la paupière gauche. J'ai envie de lui demander ce qui lui est arrivé.

Je savais que tu serais en finale avec moi, dit-elle, en replaçant ses longs cheveux noirs brillants derrière ses oreilles.

Elle me tend la main, souriant sans desserrer les lèvres, une fossette se forme sur sa joue, mais elle ne se vante pas comme je m'y attendais, elle ne dit pas au reste de la classe que je suis débile d'avoir raté un mot aussi facile. Au contraire, alors que je lui serre la main, elle me dit que c'était trop marrant. Elle dévoile maintenant ses petites dents carrées, éclatantes, et alors que j'ignorais jusque-là que j'étais timide, je rougis et baisse la tête. Toi aussi, dis-je, sachant que ça n'a aucun sens, ce qui me fait rougir encore plus.

Ms. Kim se tient devant le tableau et lève deux doigts pour avoir notre attention. Je griffonne sur le plateau de mon bureau ce que Crystal vient de dire pour ne pas l'oublier. Pour raconter à Baba, quand il viendra me chercher, qu'avant même que j'atteigne la finale, la championne d'orthographe de notre classe savait que j'y serais.

Christian m'a dit que ça commençait par les aisselles.

Je suis donc devant le lavabo pour vérifier, je tends le bras en l'air et le passe derrière mon cou puis je me penche pour m'approcher autant que possible du miroir. Ça aurait déjà dû arriver, m'a-t-il dit, je devrais non seulement avoir des poils sous les bras, mais mes couilles devraient aussi être descendues. Alors j'ai menti et dit que c'était le cas.

Par chance, j'ai une preuve, nichée sous mon aisselle : de minuscules poils qui commencent à sortir, l'ombre légère de ma virilité nouvelle. Je passe les doigts dessus, avec une admiration grandissante pour ma puberté, jusqu'à ce que je m'aperçoive qu'elle s'efface et disparaît.

Je finis par comprendre que c'est parce que ce ne sont pas des poils, mais simplement de la crasse qui s'est accumulée avec la transpiration quand j'ai joué sur le bitume avec Shawn ce matin.

Je cherche alors ma pomme d'Adam, que je n'ai peut-être pas encore remarquée. Est-ce que quelque chose vibre dans ma gorge quand je parle ?

Quand j'ai demandé à Johnny si je pouvais toucher la sienne – il a trois ans de plus que moi, il sait ce que c'est –, je l'ai sentie vibrer, arrondie et saillante, simplement parfaite.

Je vérifie depuis le seuil de la salle de bains que Shawn et Justin sont toujours endormis et qu'ils ne viendront pas me demander pourquoi je prends autant de temps, puis je descends mon short pour regarder si mes poils pubiens sont sortis.

Rien, toujours lisse, glabre. Christian a dit que ce n'était pas normal. Il devrait y avoir des poils là, plein de poils.

Je prends mes couilles dans ma paume mais je ne crois pas qu'elles soient encore descendues.

Je baisse le couvercle des toilettes et je m'assois, mon short sur les chevilles, car j'ai envie d'essayer.

Comme je ne trouve pas de crème, je prends du savon.

C'est encore mieux en crachant dans sa main, m'a dit Christian, mais je n'ai pas envie que ce soit aussi sale.

Je détache une feuille de papier toilette que je garde à côté de moi. Tu en auras besoin pour après, pour quand tu en auras plein sur le ventre, m'a prévenu Christian en riant.

Je me frotte les mains avec le savon pour les réchauffer, je fais attention à ce que mon gland soit bien coincé entre mes paumes parce que c'est sur le bord que la sensation est la meilleure. Je fais glisser mes mains de haut en bas, vite et fort, c'est comme ça que tu te fais du bien, que tu te termines, m'a assuré Christian.

Je ferme les yeux, c'est alors plus facile d'imaginer un corps se frotter contre là où je suis dur, et je suis surpris quand c'est celui de Johnny qui me vient à l'esprit.

La pression grandit en moi, de plus en plus forte, et je ne peux m'empêcher de sourire, je n'arrive pas à croire que ça arrive.

Elle s'élève depuis la base de mon pénis, ma première décharge de sperme qui remonte vers le gland, mais Christian ne m'avait pas dit que j'allais devoir pousser, ni que ça coincerait et que le bout me brûlerait. Peut-être a-t-il fait exprès de ne pas me prévenir, ça lui ressemblerait bien.

Alors je serre et je pousse en ignorant la brûlure jusqu'à ce qu'elle me jaillisse sur les genoux et le ventre, qu'elle m'éclabousse le visage et dégouline sur mon menton et mon short, la pisse chaude et aigre que je retenais depuis le début.

C'est vendredi et nous sommes libérés, l'école est finie. Allongé sur le canapé, Shawn travaille sa technique, il lance son Spalding en l'air de la main droite, casse le poignet pour parfaire son geste, le ballon monte et descend, monte et descend. Avec un timing parfait, je l'attrape avant qu'il retombe dans sa main, je dribble dans le salon et je fais un spin move pour protéger le ballon quand Shawn se lève pour me le reprendre.

Il me poursuit dans le couloir, glisse et se cogne le menton sur le sol.

Je t'ai cassé les chevilles, dis-je pour chambrer Shawn, qui sourit car il sait que je l'ai bien eu.

Depuis la salle de bains où il coupe les cheveux de Justin, Baba me crie qu'il a pratiquement fini et que c'est bientôt mon tour.

Le soleil va se coucher et je sais que nous devons nous dépêcher si nous ne voulons pas rater la prière de Maghrib, mais Shawn et moi nous amusons trop pour écouter Baba.

Justin sort de la salle de bains ratiboisé, avec des taches plus sombres par endroits, là où Baba l'a raté. Il essaie de cacher qu'il est au bord des larmes parce qu'il s'était laissé pousser les cheveux tout l'été pour faire des pics.

Il reste des touffes de ses cheveux noirs sur le siège. La tondeuse s'enraye dès le début mais Baba force et j'ai l'impression qu'une brûlure me parcourt le crâne quand il tire et que ma tête part en arrière. Les larmes me montent aux yeux mais je les ravale en serrant les mâchoires, prenant soin de rester totalement immobile. Baba n'aime pas qu'on se tortille ou qu'on gigote sur la chaise, il n'aime pas qu'on pleure ni qu'on grimace.

À ton tour, dis-je à Shawn qui attend devant la porte de la salle de bains. Quand Baba a fini nos trois coupes, nous jetons les journaux dépliés sur le sol, puis nous balayons et nettoyons jusqu'à ce que la salle de bains soit propre. Nous nous rinçons chacun notre tour et nous enfilons le polo que nous portons à l'école, rentré dans notre pantalon.

Comme toujours, Maman reste à l'appartement quand nous partons à la mosquée, elle dit qu'il vaut mieux qu'elle prie à la maison.

Sur Topanga, nous passons devant le Pic 'n' Save puis le KFC et Justin s'arrête un instant pour faire un signe au couple que nous avons rencontré lundi en rentrant de l'école. Un vieux et une vieille à la peau rougie et craquelée, qui dorment à tour de rôle sur le même banc en plastique de l'arrêt de bus, un chariot rempli de sacs-poubelle noirs garé à côté d'eux.

Sans qu'ils lui aient demandé quoi que ce soit, Justin leur a donné le reste de la monnaie qu'il avait dans la poche et je me suis senti mal de ne rien avoir pour eux. J'avais dépensé mes cinquante cents à la récréation pour acheter un cookie que j'ai partagé avec Crystal.

Baba s'arrête à la grille de la mosquée et tend le bras pour nous retenir. Si vous ne travaillez pas à l'école, dit-il en profitant de la présence du couple pour nous inculquer une leçon, voilà comment vous finirez.

Nous suivons Baba à l'arrière du bâtiment, dans une grande salle avec des robinets le long du mur, réservée au wodzu. Je le regarde s'asperger le visage et frotter entre ses orteils puis j'en fais autant, m'assurant d'être assez propre pour Dieu quand résonne l'appel de l'imam pour la prière de Maghrib.

Baba nous tend à chacun une pierre de prière prise dans le panier d'osier près de la porte, ce qu'il appelle un mohr et dont on dit qu'il est fait d'argile. Je la tiens dans ma main et passe le doigt sur l'inscription en arabe. La pierre est douce au toucher, je sens sa fraîcheur sur ma peau. Je la dépose au bout du tapis pour me guider, pour quand nous nous prosternerons en posant le front sur le sol, pour nous rappeler le jour du Jugement, la compassion et la sagesse de Dieu.

Alors que nous prenons place à côté de Baba, il fait signe à Justin et Shawn de venir plus près de la ligne tracée sur le doux tapis vert. Je me force à ne pas regarder car je sais bien que Shawn est en train de grimacer pour nous faire rire, je me mords les joues pour ne pas craquer. Mon frère déteste venir ici, dans cette pièce rendue étouffante par tous ces hommes. Shawn dit qu'ils puent, surtout quand ils lèvent les fesses sous notre nez pendant la prière, raison pour laquelle Justin et lui essaient de reculer de plus en plus loin.

Mais moi, j'aime l'odeur des barbes humides et des peaux rincées, j'aime être près, tellement que, quand les hommes se penchent, plaçant les mains sur leurs cuisses avant de s'agenouiller sur le sol, je suis le seul à pouvoir regarder, puisque tout le monde, Baba y compris, se consacre à Dieu.

Le match a déjà commencé et Shawn est furieux de le rater. Le volume de notre petite télé noire est à fond. Ça lui permet d'écouter le commentateur, d'entendre ce qui se passe une fois que les Lakers ont gagné l'entre-deux.

Ce n'était pas la faute de Justin, lui dis-je tandis qu'il appuie une compresse au-dessus de mon sourcil droit pour éponger le sang, c'est moi qui lui ai pris ses affaires sans demander.

Ça lui donne pas le droit de te les foutre en travers de la gueule, répond Shawn. Je revois alors la scène, l'expression sur le visage de Justin quand il m'a arraché le Discman des mains et qu'il m'a frappé à l'œil avec comme si j'étais un voleur.

J'ai eu de la chance que Shawn ait été dans son lit à ce moment-là parce qu'il a bondi pour faire descendre Justin de l'échelle et lui a dit de sortir de notre chambre. Puis, comme Justin ne l'écoutait pas et se contentait de me jeter un regard mauvais, Shawn l'a poussé encore en lui parlant à voix basse. Ainsi, Baba n'a pas su que nous étions en train de nous battre, ce qui autrement n'aurait fait qu'empirer les choses. C'est donc Shawn qui est allé au placard de la salle de bains pour chercher la trousse de secours de Maman et prendre de quoi stopper mon saignement.

Avant de me mettre un pansement, Shawn plisse les lèvres et me souffle sur le visage, et grâce à ce petit soupir frais et doux, je me sens beaucoup mieux.

Quand Baba nous appelle pour qu'on aille aider Maman à décharger les courses, Shawn me conseille, Dis-lui que tu as pris un coup de coude pendant qu'on faisait un un-contre-un, compris ?

Je hoche la tête et mon frère me dit de ne pas m'inquiéter et me promet que la coupure ne me laissera pas de cicatrice.

Et même s'il y en a une, ajoute-t-il, un sourire aux lèvres en me mettant une claque sur l'épaule avant de jeter les compresses ensanglantées à la poubelle, ça ne pourra pas te rendre plus moche que tu l'es déjà. Je trouve ça drôle et je souris à mon tour.

Justin est déjà sur le parking avec Maman. Plus nous nous approchons d'elle, plus son sourire s'élargit. Toujours vêtue de son uniforme bleu d'infirmière, elle est appuyée contre le coffre de la voiture et ce ne sont pas des sacs de courses qui nous attendent sur le bitume mais trois vélos flambant neufs qui reposent sur leur béquille. Leur peinture orange luit sous le soleil, les jantes brillent tellement fort que je suis obligé de plisser les yeux.

Ils ne pourront plus se plaindre qu'on ne leur achète jamais rien, dit Maman à Baba avec un sourire, tout en me caressant la joue. J'ai eu droit à une grosse réduction en prenant leur carte de crédit, ajoute-t-elle, sachant bien que Baba est toujours à la recherche de bonnes affaires.

Se tournant vers Justin – qui sourit maintenant alors qu'il y a quelques instants encore il voulait me casser la gueule –, Shawn lui dit d'aller chercher Johnny et Christian. Et dis-leur bien de prendre leurs vélos aussi, lui lance-t-il tandis que Justin détale vers notre immeuble.

Baba attrape le guidon de l'un des Huffy, inspecte le cadre et les pneus, tire sur la chaîne. Baba saura voir si c'est un vélo de bonne facture, qui vaut son prix, ou une bécane pourrie.

De quelle carte de crédit tu parles ? demande-t-il à Maman.

Celle du Kmart de Northbridge, dit-elle. Elle montre à Baba les tickets déchirés et froissés qu'elle a sortis de son sac.

Il y avait une énorme promotion, poursuit-elle en souriant, vingt-cinq pour cent de remise. Tu te rends compte ?

Je passe les doigts sur les poignées métalliques, m'attendant à ce que Maman avoue qu'elle les a simplement loués, que ces vélos ne sont pas à nous et qu'il va falloir les rendre.

Mais non. Elle continue de fredonner un air de sa chanteuse persane préférée, la voix de Gougoush se déversant des enceintes de notre Corolla blanche et rouillée.

Boro digeh, dit-elle à Shawn et moi, nous faisant signe que l'on peut y aller avant de défaire son foulard et de libérer ses cheveux.

Je saute sur mon vélo et Shawn en fait autant, la béquille racle le bitume quand je la remonte en vacillant.

Mon frère a une petite avance mais je le dépasse au bout de quelques tours de parking, me servant des ralentisseurs comme de mini-tremplins pour sauter le plus haut possible. Je crie à Maman de me regarder quand je passe à sa hauteur, je veux qu'elle voie mon corps décoller de la selle, mon menton levé, mais Baba est tellement près d'elle qu'elle ne m'entend pas.

Je pédale encore plus fort, fendant l'air chaud et doux, tournant de plus en plus vite dans le parking jusqu'à ce que les muscles de mes jambes me piquent et c'est à ce moment-là que Christian et Johnny nous rejoignent avec leurs vélos sur le bitume noir, suivis de Justin qui court vers le sien.

C'est pas trop tôt, putain, lance Christian. Pour me la jouer, je défie Johnny de me rattraper et me dresse encore plus haut sur mon vélo, je lève mon visage vers le ciel et je suis sûr que même les voisins des étages du dessus nous regardent depuis leurs fenêtres, jaloux, tandis que Johnny arrive derrière moi et que je ralentis pour le laisser approcher.

Quand nous revenons à la voiture, à côté de laquelle Maman se tient toujours, la musique a cessé et j'entends Baba lui dire qu'elle n'aurait pas dû acheter ces vélos, que le budget est serré. Shawn avait eu raison de supposer que Baba perdrait tout l'argent remporté au casino.

Baba prend les clés et ouvre le coffre de la voiture tandis que Christian approche, s'essuyant le front avec le bas de son débardeur. Il me regarde puis se tourne vers mes frères comme si de rien n'était. On se casse, nous dit-il, parlant par-dessus Baba qui, en farsi, nous demande de l'aider à charger les vélos dans le coffre.

Christian me donne un petit coup de coude en fixant Baba droit dans les yeux, sans baisser le regard. Je l'imite et j'attends. Baba soutient mon regard un moment et, cette fois, c'est lui qui finit par craquer. Avec un sourire forcé, il nous dit d'y aller, il a changé d'avis pour les vélos, du moins pour le moment.

Derrière nous, le portail noir du parking coulisse pour laisser entrer l'un des résidents. Suivez-moi, crie Johnny en partant devant.

Baba nous appelle mais Johnny continue de rouler. C'est lui qui nous a dit d'y aller, déclare mon frère, tout sourire, en se levant sur ses pédales pour laisser le vent embrasser son visage.

Shawn hausse les épaules, C'est vrai. Il jette un coup d'œil vers Baba qui retourne maintenant à l'appartement tandis que Maman le regarde de loin.

Quand nous arrivons au premier croisement, sur Gault Street, prêts à repartir en arrière, Johnny nous dit de continuer, qu'il y a un truc qu'il a toujours voulu nous montrer.

Il nous conduit sur Topanga, nous ne sommes jamais allés aussi loin sans notre père. Nous passons devant la mosquée puis le KFC où Baba nous a emmenés après la prière et où nous avons partagé une purée avec du jus de viande et où nous avons eu droit à un biscuit chacun. De vrais petits Américains, a souri Baba en nous regardant manger notre dîner et en nous tendant des serviettes en papier quand nous avons commencé à lécher nos doigts tout gras.

Même les palmiers ont l'air différents maintenant que nous sommes seuls, plus grands, leurs longs troncs se balancent dans le vent comme s'ils allaient rompre. Et la tour électrique devant laquelle on est passés en voiture un million de fois… Je n'avais jamais remarqué qu'elle était aussi haute, de la taille d'un pâté de maisons, avec toutes ces lignes qui s'étirent au-dessus de Sherman Way.

Nous nous arrêtons à un garage au coin de la rue et nous attendons que Christian aille nous acheter un Sprite à la machine, et je vois bien que ce n'est pas la première fois qu'il vient parce que les hommes qui travaillent ne relèvent même pas la tête, comme s'il faisait partie des employés.

C'est le seul endroit où ils acceptent de le faire bosser sans papiers, nous dit Christian en désignant son oncle, qui est occupé à desserrer les écrous d'une roue crevée, accompagné du *zzzt zzzt* de la visseuse que nous entendons constamment dans le quartier. Peut-être Christian nous parle-t-il de lui parce qu'il s'imagine que Baba est dans la même situation, qu'il n'a pas trouvé de boulot à cause des papiers. Mais dans le cas de notre père, les choses sont différentes. Il pourrait travailler où il veut, quand il veut, mais il choisit de ne pas le faire. Vaut mieux être son propre patron, dit toujours Baba.

Nous tournons sur Bassett Street, là où coule le Los Angeles, nous laissons tomber nos vélos sur le chemin puis nous nous faufilons sous le grillage. Nous nous asseyons tous les cinq en haut d'un talus de béton pour regarder s'écouler le fleuve, qui ressemble surtout à un égout à ciel ouvert. Mais je ne dis rien sur l'odeur atroce, trop heureux d'être là avec mes frères et nos amis, au bord de ce cours d'eau verdâtre dont j'ignorais qu'il passait dans la vallée, et de voir Canoga Park à travers les yeux de Christian et de Johnny tandis qu'au-dessus de nous une famille de corbeaux cherche son dîner.

Gardez les vélos, nous dit Christian en faisant signe à Johnny de se lever. On revient dans deux minutes.

Ils descendent au bord de l'eau et suivent le fleuve jusqu'à un recoin caché sous un petit pont, où je reconnais trois mecs du gang de Canoga en maillots des Raiders et des Dodgers, qui taguent les murs du Wash, accompagnés de leurs copines.

Shawn me dit d'arrêter de les fixer mais je ne peux pas m'en empêcher. Christian fait un signe de tête et s'assoit à côté de celui qui a l'air le plus vieux, avec ses tatouages dans le cou et sur le visage. Christian retire sa capuche pour montrer son crâne rasé et luisant à la vilaine teinte olivâtre. Il n'a que quatorze ans mais, à sa posture droite et rigide quand il accepte une gorgée de bière, on croirait voir un adulte. Ils sont plus impressionnés encore par Johnny, qui sort une bombe de peinture de sa poche arrière et se met à graffer un mur pendant qu'une des copines s'exclame qu'il est trop mignon. Elle le prend ensuite dans ses bras et lui propose une cigarette, qu'il accepte et fume jusqu'au bout.

Je les regarde parler sans se dire grand-chose, le plus vieux jette un œil vers Johnny, hoche la tête, et ils échangent une poignée de main rapide. Je n'ai d'abord pas cru Johnny quand il m'a dit qu'il venait aussi ici le soir, chaque fois que le mec de sa mère squattait chez eux, mais je vois maintenant que c'est vrai. Il n'a pas peur du Wash.

On reste là jusqu'à ce que le soleil commence à se coucher, même si on sait que ça va mettre Baba en rogne et que nous allons sûrement le payer, et cher. Mais c'est notre premier dimanche après-midi seuls et, avec mon Huffy flambant neuf qui luit sur sa béquille à côté de moi, je me sens devenir un vrai petit Américain, comme dit Baba, celui que je rêve d'être.

Quand Johnny et Christian reviennent, je leur demande depuis combien de temps ils traînent avec le gang de Canoga, mais Christian se contente de rire, surtout après que je lui ai demandé s'il m'invitera la prochaine fois qu'il ira zoner avec eux sous le pont.

Chaque fois que Baba baisse la tête, l'air totalement brisé, je me tourne pour le regarder. À sa façon de se tenir avachi sur sa chaise, les mains ouvertes, on croirait qu'il essaie de distribuer sa tristesse.

Il n'est même pas midi et le soleil a déjà transformé la cuisine en fournaise. Maman va remonter les stores, laissant entrer un courant d'air chaud, le thé siffle dans la bouilloire, l'eau s'échappe du samovar en une épaisse vapeur.

Baba a reçu un appel tôt ce matin qui lui annonçait que David, un ancien camarade de classe à lui, était mort la nuit dernière dans un hôpital de New York. David était le meilleur ami de Baba quand ils étaient étudiants à Columbia. Ils avaient vécu ensemble sur le campus pendant trois ans.

Assis à la table avec mes frères et moi, Baba nous dit combien il regrette de ne pas être allé à New York quand David le lui a proposé. Il se passe la main sur le visage, pince le haut de son nez, et demande doucement à Maman si elle peut lui apporter le médicament contre sa migraine qui ne passe pas.

Après avoir bu une longue gorgée d'eau, Baba se redresse et ouvre ses épaules. Il me regarde moi, puis Justin et Shawn, comme s'il s'attendait à ce qu'on le réconforte, comme s'il nous testait pour voir qui va craquer et parler le premier alors que la chose à faire est de se taire.

Mais, ai-je envie de demander, combien de temps encore devrons-nous rester assis là, à ne rien faire d'autre que se jeter des regards en coin et fixer nos mains, tout en nous efforçant de ne pas nous tortiller sur notre siège ?

Je sais que Justin a envie de partir lui aussi. Il fait de son mieux pour cacher le haut de ses cheveux dans le pli de ses bras depuis tout à l'heure et pour le moment, il s'en sort. Ça fait un mois et demi que Baba nous a rasé le crâne et je me demande si, à supposer qu'il remarque que Justin a recommencé à se faire des pics, il le tirera par l'oreille jusqu'à la salle de bains pour le forcer à se laver les cheveux. Baba dit que le gel nous donne l'air zesht, un air de racaille, comme les gamins de l'immeuble dont les familles, dit-il, n'ont pas de valeurs. Moi, j'aime le look que ça donne à mon frère, avec ses fins cheveux noirs tellement différents de ceux de Shawn et des miens, épais et ébouriffés, si difficiles à coiffer, à dompter. Je lui ai déjà dit, le matin quand il se coiffe avant d'aller à l'école, qu'on ne croirait pas qu'il est iranien, ce qui l'a fait sourire jusqu'aux oreilles en me répondant que c'est précisément le but recherché.

Je me tourne alors vers Shawn et je lui fais comprendre sans mot dire qu'on devrait y aller et sortir, et il me rappelle, yeux écarquillés et dents serrées, de la fermer et d'arrêter de remuer la jambe sous la table. Il sait que nous subirons tous les trois une correction si je romps le silence en demandant à Baba l'autorisation de quitter la table. Alors j'incline la tête en m'efforçant d'être un bon frère pour Justin et Shawn, de disparaître en moi-même, d'attendre que Baba ait terminé ce pour quoi il nous a tous fait asseoir ici.

Javouni, murmure Baba en ouvrant à nouveau les mains. *La jeunesse*, dit-il en secouant lentement la tête, vous tournez la tête une seconde et elle vous a glissé entre les doigts.

Il me regarde droit dans les yeux comme s'il voulait que je dise quelque chose, si bien que je lui demande pourquoi il n'est pas parti à New York quand l'occasion s'est présentée, toute cette année sans travail où il aurait pu passer du temps avec David, il aurait pu nous emmener pour notre premier voyage loin de L.A.

Les fins anneaux bleus autour des yeux bruns de Baba luisent puis s'embrasent et je vois la colère se propager à son visage et ses joues. Puis, pour nous montrer ce qui se passe quand on lui pose une question qui lui déplaît, il abat son poing sur la table, faisant cogner l'un des pieds contre mon genou. Je sursaute et regarde le thé qu'il a renversé, la volute de vapeur qui s'élève du bois sombre. Maman court chercher un torchon et Baba recule sa chaise pour se lever. Je baisse la tête, mâchoires serrées, dans l'attente de ce qu'il va me faire.

Mais Shawn brise à son tour le silence pour détourner son attention. On voudrait y aller avec toi un jour, lui dit-il, ce qui l'arrête net. Tu nous as parlé de New York mais on n'a jamais vu la ville par nous-mêmes.

Baba prend maintenant le torchon dans la main de Maman et le pose devant moi en me disant d'essuyer le thé renversé. Il se rassoit, inspire profondément et continue de décharger ce qu'il a en lui, mes frères et moi nous taisons à nouveau tandis qu'il étale sa colère sur la table, comme si c'était une chose spéciale qu'il devait nous montrer.

Après l'école, je me retrouve seul avec Shawn à la bibliothèque, Justin est parti s'asseoir dans une autre salle. Il était sérieux quand il m'a dit qu'il ne m'aiderait plus et qu'à partir de maintenant je devrais faire mes devoirs tout seul. Il est à la moitié de son projet pour la fête de la science et il a bien l'intention de remporter le premier prix.

Baba pense que nous envoyer à la bibliothèque plutôt que de nous ramener directement à la maison nous fera travailler plus dur, nous rendra plus intelligents, mais après toute une journée d'école, je m'ennuie comme un rat mort alors je dis à Shawn, Viens, on va aux ordinateurs.

Un vieux assis à la table d'à côté me fait, Chut, il pose sa loupe pour me montrer le panneau indiquant qu'il est interdit de parler. Mon frère étouffe un rire, j'insiste à voix basse mais il me fait signe de le laisser tranquille, ouvre son cahier et recommence à écrire.

Je vais aux ordinateurs tout seul et, après avoir joué un moment à Tetris – j'arrive chaque fois au niveau sept mais les blocs tombent ensuite trop vite pour moi –, je regarde les petits chiffres en bas de l'écran et découvre qu'il est 19 h 30. J'ai joué pendant une heure et demie, je dois encore faire les exercices de maths donnés par Ms. Kim et je n'ai même pas commencé les devoirs de Baba que Justin et Shawn ont probablement déjà finis.

Notre père nous impose cinq pages d'écriture chaque soir, nous devons recopier un livre de notre choix, pourvu qu'il en approuve l'auteur. Il garde toujours une liste avec lui, des années après avoir suivi ses cours d'intello à Columbia. Ibsen ou Shakespeare ou Wilde, ça finit toujours par être un vieux livre poussiéreux, aux pages craquelées, jaunes et puantes comme des œufs brouillés desséchés, et couvertes de surligneur ou de notes griffonnées dans la marge.

Je déchire cinq pages de mon cahier à spirales et je me précipite dans le rayon littérature pour consulter les livres qui s'y trouvent. Je vais ensuite voir la bibliothécaire à son bureau pour lui demander si je peux lui emprunter ses ciseaux.

J'ai déjà vu Justin faire ça : découper quelques lignes au bas de la feuille et ainsi raccourcir son devoir. Car ce qui se passe, c'est que dès le milieu de la première page, je commence à avoir des crampes dans les doigts à force d'essayer de tenir mon crayon parfaitement. Baba répète que notre écriture doit être impeccable, arrondie, déliée, alignée avec les marges, sinon ça ne lui convient pas.

Et pour quoi faire ? demande la bibliothécaire en soufflant dans un mouchoir blanc et en haussant ses sourcils teints en roux sans me quitter des yeux.

Un projet pour mon cours d'arts plastiques, dis-je avec aplomb.

Sortant les ciseaux de son tiroir, elle me répond, Apporte donc ton devoir ici, et je t'aiderai avec ce que tu as à découper.

Comme je reste muet, la bibliothécaire me montre ses ciseaux. Ils sont très pointus, m'explique-t-elle, et je ne voudrais pas que tu te fasses mal. Allez. Elle me sourit à nouveau.

De retour à ma table, je regarde mes papiers en redoutant qu'elle ne me croie pas. Je retourne quand même à son bureau et je lui tends le devoir pour Baba en lui expliquant que j'ai besoin de couper les cinq dernières lignes de chaque page.

C'est très particulier, remarque-t-elle, la main toujours serrée autour des longues lames argentées. Je n'ai jamais vu un enseignant demander une chose pareille, ajoute-t-elle, en me regardant de haut en bas.

Je jette un œil à l'horloge posée sur son bureau : 19 h 39.

Elle remarque que Shawn se moque de moi en secouant la tête.

C'est trop tard. La bibliothécaire a compris que je mentais, elle ne me donnera pas les ciseaux, elle ne découpera pas mes feuilles, et elle demande maintenant à parler à mon accompagnateur, comme si je ne manquais pas déjà de temps. Quand Baba viendra nous chercher et qu'il verra que j'ai bâclé son travail, avec mon écriture brouillonne et crispée, il nous dira de descendre de la voiture et de nous placer face au mur de la bibliothèque. Et, une fois encore, tandis que je m'efforcerai de ne pas faire le moindre bruit, je me rappellerai que, quand je serai vieux, je pourrai écrire comme *moi* je veux, des histoires qui ne seront ni vieilles, ni longues, ni dans un anglais incompréhensible. Je veux écrire en suivant mes propres règles, pas comme Baba l'entend, d'une écriture parfaitement soignée.

Justin a annoncé qu'il réussirait et il avait raison. Aujourd'hui, il est arrivé premier au concours de la fête de la science, et il rentre maintenant à la maison en brandissant son gros ruban, l'agitant au-dessus de sa tête comme s'il était le chef d'une nation triomphante.

Quand il arrive à l'appartement, il ne prend même pas la peine de retirer ses chaussures, il va directement voir Maman qui reprise une chaussette de Shawn dans le canapé.

Le ruban dans les mains, elle relève les yeux et esquisse un sourire, puis elle retire ses lunettes et pose son ouvrage pour prendre Justin dans ses bras.

Elle lui dit de le mettre sur le Haft-sin pour que Baba le voie, la table est dressée pour Norouz et mon frère le place entre les petits plats de sumac, d'ail et de vinaigre, jetant un œil au bol de lentilles, dont nous attendons encore tous qu'elles germent.

Quand Baba rentre et découvre le ruban de Justin, il passe dans notre chambre et nous dit de le retrouver à la voiture. Il a une surprise pour nous.

Il nous emmène au Burger King sur Reseda Boulevard et nous avons droit à un Whopper et une grande portion de frites. Baba coupe le burger en quatre parts égales pour que nous le partagions et Shawn décide que c'est à Justin que doit revenir le quart supplémentaire puisque c'est grâce à lui qu'on a droit à ce repas de fête.

Je finis le premier, engloutissant ma portion de frites sans cesser de lorgner celle de Shawn.

Māshāllāh, dit Baba, tout sourire devant mon bel appétit, en posant la main sur mon genou.

Je lui demande si on peut avoir un autre burger. Il secoue la tête. Si tu n'apprends pas à t'arrêter, tu vas devenir gros, me dit-il, en plaçant maintenant sa main sur mon ventre, comme s'il voulait vérifier que je n'ai pas déjà pris du poids. Justin et Shawn me regardent en rigolant et je regrette d'avoir réclamé.

Quand mes frères ont fini, Baba sourit encore et annonce que nous avons le droit de passer la soirée entière chez Chuck E. Cheese.

Même si le Nouvel An persan n'est que dans quelques jours, nous savons qu'il ne faut pas demander d'argent à Baba, qu'il ne faut même pas aborder le sujet. On n'a pas besoin d'argent pour s'amuser, nous dit-il tout le temps.

Après nous avoir déposés devant l'entrée, Baba coupe le moteur et nous dit d'attendre. Il sort son portefeuille en cuir brun de sa poche arrière. Il prend tout son temps, s'assure que nous le regardons déplier soigneusement la liasse qu'il y garde puis, s'adressant à Shawn et moi, il nous dit de remercier Justin, à qui il tend un billet de cinq dollars parfaitement lisse.

Ouah, ça déchire ! crie Shawn tandis que nous nous précipitons tous les trois vers la porte.

Une fois à l'intérieur, Justin va acheter des jetons tandis que Shawn et moi allons directement à la piscine à balles. Notre petit secret, c'est que si on fouille assez longtemps au fond, on finit par trouver des jetons égarés. Nous prenons donc une profonde inspiration et nous plongeons pour inspecter le sol à la recherche de jetons tombés de la poche d'autres enfants qui ont sauté dans les balles avant nous sans s'apercevoir qu'ils les perdaient.

C'est comme ça qu'on s'amuse gratuitement, me dit Shawn quand je lui montre ce que j'ai trouvé. Un seul jeton pour nous deux.

Je cours jusqu'aux jeux d'arcade pour le donner à Justin. De nous trois, c'est lui le plus doué pour gagner des tickets, car il est capable d'entrer dans une bulle de concentration. Il joue au même jeu chaque fois, il ne s'intéresse pas aux autres et il passe toujours tout près du jackpot.

Le gros lot est à trois cent quatre-vingt-sept tickets, je ne l'ai jamais vu aussi haut, mais Justin a déjà dépensé tout l'argent de Baba. Je lui offre une dernière chance, s'il appuie sur le bouton pile au bon moment et atterrit sur la case *jackpot*, nous pourrons repartir avec une barbe à papa chacun.

Il me regarde avant de glisser la pièce, C'est parti, et j'observe par-dessus son épaule. Shawn nous rejoint, et nous nous serrons autour de notre frère, qui garde la main levée au-dessus du bouton lumineux, les yeux rivés sur la lumière violette qui se déplace sur les différentes cases de la machine. Il attend, patiemment, tirant la langue au-dessus de sa fine lèvre, guettant le moment opportun. Et bien que la lumière accélère encore, Justin ne paraît pas nerveux. Il garde la main froide et le regard fixe. Y a pas le feu, murmure-t-il pour lui-même.

Mais c'est trop tard maintenant, la lumière bouge bien trop vite pour qu'il puisse tomber sur le jackpot. On va finir avec un petit chiffre, dix, vingt ou trente tickets à se partager, si on a de la chance. Je me retourne et m'efforce d'ignorer les autres enfants qui se baladent avec leurs gobelets rouges débordant de jetons dorés et leurs joues tachées de sauce tomate par la pizza qu'ils ont engloutie.

Les larmes me montent aux yeux, je sens pratiquement le goût de la barbe à papa sur ma langue, je comprends que le jeton que j'ai trouvé ne nous mènera pas bien loin, que nous n'aurons rien à faire en attendant que Baba vienne nous chercher…

Stridente et soudaine, l'alarme retentit dans toute la salle d'arcade pour annoncer le jackpot. Puis la fente noire de la machine crache une avalanche de tickets. Deux garçons à côté de moi abandonnent leur partie d'air hockey, tout comme la petite rousse qui faisait semblant de rider sur le Soul Surfer et saute de sa mini-planche bleue pour les rejoindre, tous s'agglutinent pour regarder Justin, *mon* frère, qui enroule la guirlande de tickets sur son épaule comme une corde, aidé de Shawn qui s'assure qu'il n'en oublie aucun, sans cesser de crier, *Mais comment t'as fait ?* alors que les tickets continuent de jaillir. Malgré leurs gobelets pleins de jetons et toutes leurs tentatives, les autres n'ont pas réussi ce que mon frère vient d'accomplir : gagner le gros lot, comme Baba le matin où il est rentré fièrement avec des billets plein les poches.

Je me fraye un chemin au milieu de l'attroupement pour m'approcher de mon frère qui nous regarde, Shawn et moi, avec des étoiles dans les yeux.

Je viens me placer entre eux et je les prends par les épaules, les serrant contre moi jusqu'à ce que leur visage touche le mien. Nous sommes morts de rire, choqués par tout ce que nous venons de gagner, à tel point que Shawn se demande si nous n'allons pas devoir en rendre un peu.

Nous gagnons fièrement le stand des prix en titubant et nous cognant les genoux, bras dessus, bras dessous. Une fois que Justin nous a pris une barbe à papa chacun, je lui demande ce qu'il compte faire des tickets restants.

Il hausse les épaules tout en engloutissant sa friandise puis il se redresse soudain et me dit, Viens, j'ai une idée. Je le suis entre les jeux et c'est comme s'il me guidait à travers un labyrinthe. Nous nous faufilons entre les machines jusqu'à ce qu'il trouve ce qu'il cherchait. La fille qui a joué avant lui, qui a perdu la plupart de ses jetons en essayant de gagner le jackpot, celle grâce à qui le gros lot est monté à trois cent quatre-vingt-sept. Assise seule sur une banquette, elle triture son visage constellé de taches de rousseur d'une main et entortille ses cheveux châtains de l'autre. Alors qu'il lui tend les tickets restants, Justin lui dit qu'il y en a assez pour qu'elle se paie la sucette qu'elle a repérée sur le rayon du haut, celle qui est aussi grosse que la lune.

Maman m'arrête à la porte en me disant qu'il est tard et qu'elle ne veut pas que je sorte. Je lui dis d'arrêter de blaguer, qu'il ne fait même pas encore nuit. Ça ne change rien. Elle veut que je reste à la maison ce soir.

J'ai appris à dégainer un mensonge ou une excuse quand Baba est là pendant la journée, comme attraper la clé sur le crochet et dire que Maman m'a demandé d'aller relever le courrier ou de jeter les poubelles au vide-ordures, puis je vais frapper chez Johnny et lui dis de venir dix minutes plus tard demander à mon père si je peux aller jouer dehors.

Avec Maman, je n'ai jamais eu à mentir. Soit elle n'est pas à la maison, soit elle est trop occupée avec les factures ou autre chose pour prêter attention à ce que je fais, elle n'a jamais édicté la moindre règle qui oblige à rester à la maison, encore moins le week-end.

Il y a une douceur dans ses yeux et je n'arrive pas à voir si elle est sérieuse ou non. Tu vas tout le temps chez eux, dit-elle, c'est impoli de passer autant de temps dans l'appartement de Cynthia alors que j'ai une maison, moi aussi.

C'est quoi, le problème avec *notre* appartement ? insiste-t-elle avec un sourire qui découvre ses dents tachées par le thé. On pourrait passer la soirée tous les quatre, dit-elle, car son tour de garde a sauté.

Je lui dis que Johnny m'attend, que Cynthia a proposé de nous emmener dîner. Maman répète qu'elle ne m'autorisera pas à sortir, un peu plus fermement cette fois.

Je balance mes chaussures dans un coin, je vais m'enfermer dans la salle de bains en claquant la porte et je m'assois par terre.

Tu le verras demain, dit-elle d'une voix douce. On peut regarder un film ensemble et je te laisserai choisir la pizza qu'on va commander.

Une fois que le générique se termine, mes frères sautent au pied du canapé pour me pincer et me secouer par les épaules.

Mais quel arnaqueur, dit Justin en me serrant les joues.

On voit bien que tu souris, rigole Shawn, qui m'enfonce ses poings dans la poitrine. Lève-toi et laisse Maman se coucher, dit-il en s'approchant tout près de mon visage.

Je garde les yeux fermés en essayant de ne pas craquer, je continue à faire semblant de dormir après la fin de *Basic Instinct*, le film qu'il fallait absolument qu'on regarde d'après Shawn.

Maman dit à mes frères qu'elle n'est toujours pas sûre de savoir qui était le véritable assassin. Est-ce que c'était le docteur, demande-t-elle à Justin qui, comme elle, a adoré et a trouvé qu'on ne s'ennuyait pas une seconde, ou sa nouvelle copine ?

La nouvelle copine, répond mon frère, c'est pour ça qu'à la fin elle avait le pic à glace près de son lit.

Bichāreh, dit Maman, toute désolée pour le personnage de Michael Douglas, dont elle est un peu tombée amoureuse, je pense. Sa peau brillante, ses cheveux épais, son nez droit et sa fossette au menton… Elle n'a pas arrêté de demander si on ne trouvait pas qu'il avait l'air persan.

Elle nous a dit de nous couvrir les yeux pendant les scènes d'amour, mais, bien sûr, nous avons regardé entre nos doigts, curieux de savoir à quoi le sexe ressemblait réellement. Pendant le film qui, nous disait-elle, n'aurait jamais été autorisé en Iran, on a plus eu l'impression que Maman était notre grande sœur que notre mère.

Mais maintenant que c'est fini, je n'ai pas envie de me retrouver seul dans mon lit. Je veux rester près d'elle. Lui tenir la main comme pendant le film, quand je traçais des cercles dans ma paume avec ses ongles. J'adore ce petit chatouillement qui m'apaise.

Laissez-le, dit-elle à mes frères, qui vont finalement se coucher sans moi. Une fois qu'ils sont partis, j'enfouis mon visage contre Maman et je lui dis que je n'ai pas aimé.

C'était pour de faux, me rassure-t-elle, ce n'était pas une vraie histoire.

Si c'était faux, pourquoi ça t'a tant plu alors ?

Tu es censé dormir, me rappelle-t-elle en posant un doigt sur mes lèvres. Tes frères vont revenir s'ils t'entendent.

Je veux lui reprendre la main mais elle se lève et me dit qu'elle a encore du travail. Elle remonte les couvertures sur moi et me promet que, la prochaine fois, je pourrai choisir ce qu'on regarde.

Il doit être tôt le matin quand Baba rentre en titubant et passe dans la cuisine. Maman se redresse. Je ne sais pas si elle sait que je suis réveillé mais je garde les yeux fermés et j'espère que Baba ne me verra pas. Il ne prend pas la peine d'allumer, elle tend donc la main vers l'interrupteur de la petite lampe posée à côté de nous.

Baba grommelle quelque chose au sujet de l'argent, il ouvre et ferme des placards puis se sert un verre d'eau. Il vient s'asseoir sur le canapé du salon, les yeux perdus en direction de l'étagère où Maman range le service à thé en cristal, celui que l'on ne sort que pour les grandes occasions.

Il y a un long silence, jusqu'à ce que Maman regarde Baba et lui dise qu'il doit arrêter de disparaître pendant plusieurs jours et de gaspiller le peu d'argent que nous avons.

Baba appuie son visage contre son poing serré et ferme les yeux un instant. Il prend une profonde inspiration et pousse un soupir sonore.

Il y a tant d'entreprises qui seraient intéressées par ton expérience, pourquoi tu ne postules pas ? chuchote Maman d'une voix douce. Baba ne répond rien et j'aimerais que Maman se taise. Elle ne voit pas que Baba est fatigué ? Elle pourra lui parler de ça demain.

Baba se redresse et, à travers la minuscule fente que forment mes paupières, je vois bien qu'il a encore passé une nuit sans dormir et que ses yeux se ferment tout seuls.

Baba ne me remarque que lorsque Maman se retourne pour aller à la cuisine. Il me soulève alors par le bras et m'ordonne d'aller réveiller mes frères, de dire à Shawn qu'il doit ramasser les affaires de Maman et les balancer dehors. Baba dit qu'il en a marre de tout ça, marre de nous tous.

Boro, crie-t-il, une veine épaisse palpitant sur son front. Prends ses affaires et fous-les sur le trottoir.

Les larmes me montent aux yeux, s'accrochent aux paroles de Baba.

Maman revient au salon et me demande de l'aider à ramasser les couvertures étalées sur le sol. Nous sommes en train de les replier quand Baba s'approche d'elle et l'attrape durement par les épaules, c'est la première fois que je le vois faire ça.

Maman ne bouge pas, ne bronche pas, jusqu'à ce que Baba la pousse contre le meuble, faisant tomber le service en cristal qui se brise sur le sol. Maman m'écarte, me fait grimper sur le canapé pour que je ne me coupe pas, tandis que Shawn arrive dans le salon, ensommeillé, et découvre le bazar que Baba a mis.

Il y a encore eu un tremblement de terre ? demande-t-il, apeuré, et Baba ne dit rien. Il garde la tête baissée, les débris de cristal gisent sur le sol, et mon frère comprend alors seulement que ce n'était pas un tremblement de terre.

Maman s'adosse contre le mur, bras croisés. Il n'y a qu'elle qui n'a pas l'air d'avoir peur, comme si elle avait deviné que les événements prendraient cette tournure. Et peut-être l'a-t-elle toujours su, depuis le début, même quand Baba avait encore son boulot et que nous avions une maison à nous, une cuisine avec une grande gazinière blanche devant laquelle nous nous tenions, Maman et moi, l'odeur du safran et du beurre flottant dans l'air tandis qu'elle me montrait comment préparer le riz persan en plongeant le doigt dans la casserole de basmati, mesurant les quantités avec ses phalanges. Il faut que l'eau soit à cette hauteur, me disait-elle en penchant la casserole pour me montrer, et je faisais alors semblant de ne pas le voir, ce qu'il y avait là, au fond. L'espoir auquel elle s'accrochait, la promesse d'une vie meilleure pour nous tous dont elle semblait si certaine.

Maman est restée. C'est Baba qui est parti, une semaine entière cette fois-ci, si bien que le vendredi, au lieu d'aller à la mosquée avec mes frères, j'ai pu traîner avec Johnny.

Une chambre au Caesars Palace attendait la maman de Johnny et son copain, alors ils ont chargé leurs petites valises dans la voiture et nous les avons aidés à porter les bouteilles de vin et de champagne. Cynthia a déposé un gros baiser sur la joue de son fils puis sur la mienne, avant de tendre quarante dollars à Johnny pour acheter à manger et faire ce qu'il voulait ce week-end.

Il est venu chez nous hier soir, il a joué à Super Mario avec Justin jusqu'à minuit pendant que Shawn et moi les regardions. Je n'avais pas envie qu'il parte, c'était si bien d'avoir Johnny dans notre chambre rien que pour nous. Je m'en fichais même de ne jamais jouer, j'étais content de les regarder depuis mon lit.

Avant de m'endormir, j'ai posé mon short, mon T-shirt et même mes chaussures au bout de mon matelas pour pouvoir me préparer aussitôt que je serais réveillé. Johnny a promis que cette fois il se lèverait tôt et m'a dit de le retrouver devant notre immeuble à 8 heures pétantes. Il ne m'a pas dit pourquoi et je ne lui ai pas demandé.

Mais il ne sera debout que dans une heure, et de toute façon il est trop tôt pour toquer à sa porte, et puis j'ai promis que je ne viendrais pas le déranger avant qu'il soit prêt. Je sors de chez nous et je me dis que si je vais à la mosquée, il y aura du thé dans le gros thermos posé sur la table et encore quelques dattes, pour les musulmans dévoués qui viennent à la prière du Fajr et finissent leur namaz au moment où le soleil commence à monter dans le ciel.

Les six voies de Sherman Way sont plus ou moins vides, les rares conducteurs peuvent donc changer de file et rouler à toute allure, fenêtres baissées et musique à fond, pour se réveiller et le reste du quartier avec. Je traverse le long terre-plein central, slalomant entre les palmiers qui se dressent sur des kilomètres, essuyant mes Fila sales dans l'herbe humide.

Quand j'arrive sur le parking et que je vois l'imam sur le seuil de la mosquée, vêtu de son qamis gris clair, un coran à la main, je crains qu'il me demande de me joindre au groupe auquel il lit et récite des sourates. Pour tuer le temps, je fais le tour du bâtiment.

Il y a une petite pièce à l'arrière et, en regardant par la fenêtre, je découvre un lit une place, aussi grand que le mien. Je suppose que c'est là que vit l'imam, même si ça me fait de la peine pour lui. Passer ses journées dans ce vieux bâtiment et être obligé d'y dormir en plus… Il n'a pas envie de voir autre chose ? Car c'est ce que nous a dit Baba en racontant ses histoires sur New York, que le véritable moyen de connaître Dieu, c'est de voir le monde, de rencontrer des personnes différentes.

Nous sommes assis dans un box rouge sombre de chez Denny's, près de la fenêtre par laquelle le soleil se déverse sur notre table. Les yeux de Johnny s'habituent encorc à la lumière du matin, il a l'air endormi et commande un café à la serveuse.

Comment tu savais que j'avais envie de venir ici? lui demandé-je en buvant un verre d'eau glacée.

J'arrive pas à croire que tes parents t'aient jamais emmené, répond-il en versant du sucre, beaucoup de sucre, dans son café. Il fait glisser vers moi les dosettes de crème et me dit d'en ajouter autant que je veux. Ma mère le boit noir, mais c'est carrément dégueu, grimace-t-il.

J'ouvre deux dosettes et les verse dans sa tasse, je vois le café virer au marron clair à mesure que Johnny y fait tourner sa cuillère. Il me dit d'en ajouter une autre. Il goûte une gorgée et secoue la tête. Juste *une* de plus. Il aspire bruyamment le breuvage, ferme les yeux et le fait tourner dans sa bouche. Délicieux, murmure-t-il, le teint déjà un peu plus vif. Rien qu'à l'odeur qui se dégage de la tasse remplie de liquide couleur caramel, je sais que je vais adorer.

Johnny coince l'argent que Cynthia lui a donné sous une bouteille de sirop d'érable poisseuse, deux billets de vingt dollars qu'il pose là comme pour rappeler que nous avons assez pour commander ce que l'on veut.

Ce n'est pas censé te tenir tout le week-end?

On s'en fout, répond-il. C'est ta première fois et tu vas t'en souvenir.

Je parcours les pages du menu où sont listés les différents types d'omelettes et de pancakes, je passe sur les photos de galettes de pomme de terre et d'œufs brouillés cotonneux, puis, désignant des tranches de bacon luisantes, je lui demande, Et ça, c'est bon ?

Attends, dit-il. Tu as *forcément* mangé du bacon une fois dans ta vie.

Quand la serveuse revient à notre table, Johnny n'hésite pas un instant. Il nous commande deux petits déjeuners complets avec des œufs au plat, et quand elle lui demande si on veut du bacon ou des saucisses, Johnny marque un temps et me regarde.

Les deux, dis-je.

On prendra les deux, répète-t-il à la serveuse.

Ça arrive tout de suite. Elle sourit et repart avec les cartes.

Je pense à ce que je vais dire ce soir, quand je prierai Dieu de me pardonner d'avoir mangé du porc alors que je sais que c'est haram.

Je scrute la salle par-dessus l'épaule de Johnny pour vérifier qu'il n'y a pas quelqu'un de la mosquée qui risquerait de m'arrêter avant que j'aie au moins la possibilité de goûter. C'est trop bon, dit Johnny, tu vas adorer.

Il doit avoir raison parce que pratiquement tout le monde dans le restaurant en a dans son assiette. Et avec la délicieuse odeur qui émane du lard en train de griller, je le crois sans problème.

Juste avant le déjeuner, à 11 h 45, les haut-parleurs fatigués de l'école s'enclenchent et j'entends mon nom au milieu des grésillements. Je suis convoqué dans le bureau de la directrice mais je continue mon exercice en faisant mine de ne pas avoir remarqué que c'est moi qu'on a appelé.

Ms. Kim s'approche de mon pupitre et me dit de vite ranger mes affaires et d'y aller car ils m'attendent.

Baba ne me remarque pas quand j'entre dans le bureau, il se tient dans un coin, dos à moi, les doigts posés sur un globe.

Le voilà, dit la directrice adjointe qui a fait l'annonce. Puis, comme Baba n'écoute pas, elle répète, plus fort cette fois, en se levant et en se penchant vers lui. Monsieur, reprend-elle en haussant le ton, votre fils. Baba se retourne, un petit sourire apparaît sur son visage quand il me voit.

Sur le chemin de la voiture, qu'il a garée devant l'école, il refuse de me dire pourquoi il est là, où il était passé et pourquoi il m'a fait sortir de la classe. Une urgence, dit-il seulement en déverrouillant les portières.

Assis au volant, il observe la rue en se mordillant le bout du doigt. Puis la cloche de la cantine retentit, nous tirant de notre torpeur, et Baba me regarde alors dans les yeux comme s'il s'apprêtait à partager un secret. Mais il se contente de soupirer, de mettre le contact et regarder à nouveau la rue tandis que les vibrations du moteur me font trembler sur mon siège.

Tu verras par toi-même, dit enfin Baba. Puis tu pourras expliquer à tes frères pourquoi nous partons tous les quatre.

Alors que nous nous garons sur le parking de la fac de Maman, Baba m'apprend qu'il a organisé un voyage pour mes frères, lui et moi. L'occasion de se vider la tête, dit-il. Et quand Maman verra combien on lui manque, elle nous rejoindra, me promet Baba. Ce sera comme avant, ajoute-t-il, comme quand on allait camper, sauf que cette fois, ça ne durera pas que quelques jours.

Je me tourne pour lui demander où nous allons mais je me retiens parce que je vois les muscles de sa mâchoire se tendre tandis qu'il se mord la lèvre inférieure, et je me souviens que je ne suis pas censé poser de questions.

Alors je ne dis rien et je suis Baba sur le parking.

Nous traversons le campus dont les bâtiments ont l'air neufs, où les allées sont propres et les haies bien taillées. Le terrain de foot est aussi vaste que mon école. Quand nous arrivons dans la cour principale, où Baba dit que nous trouverons Maman, j'arrête de le suivre pour regarder un groupe de types qui jouent au frisbee. L'un d'eux court vers moi à toutes jambes et je reste planté sur place. Il est torse nu et ses lunettes de soleil sont posées sur son afro. Il bondit, la main ouverte, et attrape le frisbee au vol avant d'atterrir à quelques mètres de moi et de le renvoyer. L'odeur d'herbe coupée flotte encore. Je me baisse pour ramasser les lunettes de soleil qu'il a fait tomber.

Je les lui rends, les yeux baissés sur son ventre d'où partent deux veines qui disparaissent sous son short.

Bien vu, petit, dit-il en me tapant sur l'épaule, ce qui me fait rougir. Il repart en courant vers son groupe et je voudrais qu'il revienne là où je pouvais les voir de près, lui et ses poils de torse luisants de sueur.

Tu n'as pas entendu que je t'appelais ? crie Baba quand je le rattrape au milieu de la pelouse. Pourquoi tu t'es arrêté ?

Je bafouille quelques mots sur les lunettes de soleil et je m'excuse en essayant de cacher mon sourire, de ne pas montrer comme je suis heureux d'avoir été tout près de quelqu'un d'aussi grand et beau, sans dire que l'espace d'un instant ça m'a rappelé ce que ça me fait d'être avec Johnny, cette chaleur dans tout mon corps.

Je suis Baba à l'intérieur de la cafétéria, nous croisons des dizaines d'étudiants qui en sortent avec un plateau dans les mains et leur sac à l'épaule.

Elle est là, dis-je à Baba en montrant Maman assise à l'une des tables. Ses manuels ouverts devant elle, elle se sert une tasse de thé du thermos qu'elle se prépare tous les matins, installée à côté d'un homme deux fois plus jeune que Baba.

Elle lève la tête, un petit sourire sur les lèvres, comme si elle sentait ma présence. Elle ne porte pas son hijab et elle a les yeux maquillés.

Mary, dit l'homme à Maman en enlevant ses lunettes et en posant son stylo, il y a quelqu'un pour toi. Maman ferme son cahier et hoche la tête, son sourire disparu.

Baba s'éloigne, comme si Maman lui avait demandé de me déposer ici.

Montre-lui où on est garés, me lance Baba. J'attends dans la voiture.

Il me laisse là avec Maman et son ami, tous deux aussi gênés que moi. Je voudrais lui expliquer que ce n'était pas mon idée de débarquer comme ça. J'étais à l'école, comme elle, quand il est venu me sortir de la classe.

Sans dire un mot, elle range ses affaires, sort son hijab de son sac, le noue autour de sa tête et marche devant moi comme si elle savait déjà où Baba nous attend.

Dans la voiture, alors que Maman regarde fixement par la fenêtre, Baba se tourne vers moi avant de mettre le contact et il me dit qu'il n'aurait jamais dû la laisser s'inscrire à l'école, qu'il n'aurait jamais dû l'amener dans ce pays.

Les bras croisés, Shawn et Justin regardent par la fenêtre tandis que Baba roule dans la nuit sur Sherman Way. Je l'observe depuis le siège du milieu, attendant qu'il dise quelque chose.

Avec les vitres fermées, nous sommes en sueur et l'air nous semble épais, étouffant. Je triture le petit morceau de tissu déchiré de mon siège, je le remets en place et le relève, soulevant de petits nuages de poussière qui s'échappent du rembourrage de la banquette. Ça me donne une odeur de vieux, la poussière me couvre les doigts, comme si j'étais l'inconnu à qui cette voiture appartenait il y a des années.

Quand nous sommes partis de la maison, Baba se cramponnait au volant, les épaules voûtées. Mais au bout d'un moment, il s'est reculé contre le dossier de son siège, toujours silencieux.

Il nous dit que nous allons dans un motel, près de l'aéroport de Los Angeles, d'où nous pourrons regarder les avions décoller et atterrir pour notre première nuit de voyage.

C'est les avions sur lesquels tu as travaillé chez Boeing?

demandé-je, et Baba acquiesce en me jetant un coup d'œil dans le rétroviseur, les sourcils froncés.

J'essaie de dormir, je ferme les yeux et je pose la tête sur l'épaule de Justin car alors peut-être la nuit s'évaporera, mais le tremblement dans sa poitrine m'en empêche. J'entends la peur à l'intérieur de lui et peut-être que je devrais avoir peur moi aussi.

Quand nous arrivons au motel, Baba se gare et reste assis, le coude à la fenêtre, le menton sur son poing. Il baisse les yeux, sa ceinture toujours attachée. Il secoue lentement la tête et se met à marmonner, d'abord pour lui-même, puis suffisamment fort pour que Justin, Shawn et moi l'entendions. Elle a simplement besoin de temps, soupire Baba, avant d'abattre sa main sur le tableau de bord, ce qui me fait sursauter.

Il se penche et ouvre la boîte à gants dont il extrait une seule cigarette. Il la coince entre ses dents et sort une minuscule boîte d'allumettes de son manteau.

Depuis quand il fume ? chuchoté-je à l'oreille de Shawn pendant que Baba gratte une allumette. Il la lève devant lui, la flamme avançant lentement vers le bout de son pouce, et il allume enfin la cigarette avant de soupirer sur l'allumette pour l'éteindre.

Des flocons gris se détachent de l'extrémité et les cendres émettent un léger sifflement quand elles atterrissent dans le soda posé à côté de lui. J'aspire la fumée par le nez, ce qui me fait tourner la tête. Si je continue de l'inhaler, j'arriverai peut-être à faire s'évanouir la nuit, faire en sorte que nous trois, à l'arrière, nous disparaissions. Je veux partir d'ici, dis-je à Justin, mais mon frère croit que je parle de la voiture.

J'en ai pour une minute, dit Baba en ouvrant sa portière. Il dit qu'il va appeler notre amu et nous demande de ne pas bouger.

Baba reste un moment devant le téléphone public, les mains enfoncées dans ses poches, avant de glisser les pièces dans l'appareil. Le combiné coincé contre son oreille, il se penche sur le téléphone argenté. Je passe au-dessus de Justin pour ouvrir la portière.

Qu'est-ce que tu fais ? demande Shawn.

Je veux entendre ce qu'il dit.

Il va te voir, prévient mon frère.

Je m'en fiche, rétorqué-je, en faisant semblant d'être plus rassuré que je ne le suis.

On atterrit après-demain, dit Baba en persan à son frère. Puis, avant de raccrocher, il ajoute, Qu'est-ce que je t'avais dit ? Que ce pays allait la pervertir et c'est ce qui s'est passé.

II

LA RÉPUBLIQUE ISLAMIQUE D'IRAN

Le visage fatigué et couvert de poussière, ils se bousculent et nous attrapent le poignet en criant. Befarmāyn, répètent-ils, insistant de leur grosse voix pour qu'on monte avec eux. Des hommes avec d'épaisses moustaches, comme celle de Baba, vêtus de pantalons de costume et de vestes amples malgré la chaleur.

Quand l'un d'eux prend la valise de Shawn dans ses mains, mon frère le suit en nous disant à Justin et moi de rester près de lui, mais nous n'y arrivons pas. Trop de bruit, entre les klaxons et les alarmes hurlantes, les agents qui soufflent dans leur sifflet et tous les parents pressés qui traînent leurs enfants derrière eux comme s'ils trimballaient des bagages.

Baba met quelques minutes à s'apercevoir que notre frère n'est plus avec nous, qu'il s'est perdu dans la foule, et dès qu'il s'en rend compte, il crie à Justin d'aller chercher Shawn. Baba négocie le prix avec l'un des chauffeurs braillards, qui fourre ensuite nos affaires dans le coffre de sa vieille berline blanche toute cabossée.

Beshin, me dit Baba en claquant la porte, il faut que j'attende à l'intérieur. Je passe d'une fenêtre à l'autre pour essayer de repérer mes frères, mais il y a trop de visages. Trop de panneaux avec des noms persans et des directions que je n'arrive pas à déchiffrer. On croirait qu'au sein de chaque groupe d'hommes suants, une bagarre est sur le point d'éclater, mais c'est en réalité l'inverse qui se produit. Des hommes qui se criaient dessus quelques instants plus tôt éclatent de rire quand leurs proches les accueillent. Des familles se tombent dans les bras et s'embrassent au milieu de la voie, un grand-père pince les joues de deux garçons grognons qui me ressemblent et n'ont manifestement aucune envie d'être là, d'assister à ces retrouvailles familiales qui s'éternisent, comme s'il n'y avait pas une rangée de voitures en attente, des coups de klaxon et des bordées d'injures. Le chaos qui règne à l'aéroport d'Ispahan le rend encore plus assourdissant que celui de LAX, où les gens s'efforcent au moins de suivre les règles.

Je renonce à chercher mes frères. Assis à l'arrière du taxi, je sens mes yeux se remplir de larmes quand je réalise comme je suis loin de ces matins que j'avais pour moi tout seul, où je grimpais quatre à quatre l'escalier de notre immeuble pour voir si Johnny était réveillé. Je regarde une dernière fois autour de moi et je serre les paupières, à l'affût des cris qui résonnent dehors, dans l'espoir d'entendre de l'espagnol ou de l'anglais pour me prouver que je suis à Los Angeles.

Pendant le vol, alors que Justin et Shawn dormaient, Baba m'a fait venir de son côté de l'allée pour que je m'assoie à côté de lui. Il a relevé le cache-hublot en plastique et m'a montré les montagnes sèches et brunes, semblables à la chaîne qui entoure notre ville. Puis il a pris ma main dans la sienne, l'a serrée et m'a promis qu'ici en Iran les choses s'arrangeraient pour nous. J'ai fait tout mon possible pour le croire.

La portière s'ouvre sur Shawn qui se mord la lèvre et Justin, qui semble hébété. Mes frères s'assoient à côté de moi et Baba monte à l'avant du taxi. Notre chauffeur balance sa cigarette et s'installe derrière le volant. Baba nous ordonne de baisser la tête et se penche pour nous frapper chacun sur la nuque en criant qu'on ne doit plus jamais se perdre de vue les uns les autres.

Quand je me redresse, Baba a les yeux rouges et humides – il a l'air aussi effrayé que moi.

Comportez-vous comme des frères, nous dit-il en levant à nouveau la main, mais cette fois, le chauffeur lui attrape doucement le bras.

Āghā tori nist, dit-il, puis il lui donne une tape dans le dos. Bachan, insiste-t-il. Ce sont des enfants, ça arrive tout le temps.

Il nous regarde tous les trois dans le rétroviseur et son sourire se devine dans ses yeux. Je cherche ma ceinture mais il n'y en a pas. Shawn s'essuie le nez et dit en plaisantant qu'ils ont l'air de s'en foutre par ici.

Après avoir contrôlé les papiers de notre chauffeur, le garde lève la barrière métallique à la sortie de l'aéroport et nous nous retrouvons tout de suite sur une autoroute pratiquement pas goudronnée, sans marquage au sol ni files séparées. Mes yeux me brûlent, l'air épais comme de la fumée qui entre par les fenêtres ouvertes me remplit la bouche d'un goût de poubelles brûlées et de gasoil qui me colle aux gencives et aux dents et m'envahit les narines.

L'avant du taxi s'affaisse dans un premier puis un second nid-de-poule et notre chauffeur dit à Baba que c'est une honte, que l'Iran tombe en ruine. Baba réplique qu'il ne faut pas parler ainsi de leur pays mais le conducteur insiste. Natars āghā, le rassure-t-il, écartant les inquiétudes de Baba d'un geste de la main comme s'il s'agissait de moucherons. Personne ne nous écoute.

Nous tournons sur le boulevard Kaveh, un peu plus loin, le trafic est à l'arrêt. Notre chauffeur contourne l'embouteillage en empruntant la voie des bus tandis que les autres automobilistes klaxonnent en continu et s'invectivent par la fenêtre. Il passe une vitesse et le moteur pétarade sous le capot bosselé tandis qu'il accélère, ce qui fait trembler tout l'habitacle.

La voiture freine brusquement et je me cogne le front contre l'appuie-tête du chauffeur. Baba se retient au tableau de bord. Yavāsh, crie-t-il, pour que notre chauffeur fasse un peu attention. Mais au lieu de laisser une distance avec la voiture de devant, celui-ci accélère encore, faisant à nouveau cracher le moteur qui proteste toujours plus bruyamment à chaque à-coup.

Javouni, dit le chauffeur en secouant la tête quand il voit passer une moto qui remonte entre les files. Assise à l'arrière, une femme, qui ne porte pas plus de casque que le pilote, s'accroche d'une main à la selle, l'extrémité de son hijab noir flottant dans la lumière déclinante du soir rendue poisseuse par la pollution et la fumée. Même si Baba garde la main sur le tableau de bord et répète au taxi de faire attention, on voit bien que c'est ainsi que vont les choses à Ispahan. On se débrouille pour avancer, en klaxonnant, en déboîtant ou en pilant, les carrosseries déformées se heurtent comme si c'était une conséquence inévitable de la conduite en ville.

Après tout ce temps loin de sa patrie, Baba l'a peut-être oublié. Les hommes de son âge coincés derrière leur volant, jurant malgré l'étincelle du souvenir qui vient leur rappeler ce que ça faisait d'être jeune. Javouni, répète notre chauffeur, la jeunesse.

Un jardin privé avec de grands arbres verdoyants pour nous abriter du soleil et une petite fontaine où nous asperger : je ne pensais pas que la maison de notre grand-père serait si jolie. De l'autre côté du solide portail métallique, les rues sales et bruyantes d'Ispahan nous attendent. Mais à l'intérieur, des figues mûres tombées au sol révèlent leur chair pourpre et vert, leur puissante odeur sirupeuse flotte dans l'air. Appuyé sur sa canne, un coran abîmé dans l'autre main, le baba de Baba vient nous accueillir dans le patio.

Il nous rencontre tous les trois pour la première fois mais je ne vois pas sur son visage le sourire que je m'attendais à découvrir ; je devine pourtant à sa posture, tandis qu'il nous attend en haut des marches, calme et silencieux, qu'Hadji Āghā est heureux.

Justin grimpe le premier, il serre ses bras autour de la taille de notre grand-père. Hadji Āghā se baisse et lui dépose un baiser sur le front. Nous venons le saluer l'un après l'autre.

Naveh as bacheh shirintar-e, répète Hadji Āghā – il ne sourit toujours pas mais il a les larmes aux yeux et il caresse les cheveux de Justin. Il est plus doux d'avoir des petits-enfants qu'un enfant, un proverbe que je n'avais jamais entendu avant, et le son même de ces mots semble sucré dans la bouche d'Hadji Āghā.

Boro Rezā, dit-il à Baba pour lui demander de sortir les gros coussins du salon.

Tout à l'heure, un très bon ami viendra prend le chaï avec nous, nous annonce Hadji Āghā. Avval, ajoute-t-il en laissant échapper un bâillement, la main sur la joue de Justin, nous devons d'abord nous reposer.

Baba installe les coussins dehors, nous nous allongeons tous les quatre sur la terrasse en y appuyant la tête, sauf Justin qui pose la sienne sur la poitrine d'Hadji Āghā, que je vois enfin sourire. Quand Baba s'apprête à dire à mon frère de se déplacer, Hadji Āghā lui fait signe que ça ne fait rien et lui dit que Justin peut dormir comme il veut.

Réveillé le premier, notre grand-père s'est assis à une table sous les figuiers du fond du jardin. Je vois qu'il n'est pas seul et que l'invité dont il avait parlé est arrivé. Ils ont installé leurs chaises au bord de la fontaine pour profiter des quelques gouttelettes portées par la brise. Ils sont en pleine conversation, si bien qu'il ne me remarque pas tout de suite quand j'approche depuis la terrasse.

Une petite assiette de fruits posée sur ses genoux, Hadji Āghā épluche un concombre et, lorsqu'il me découvre, il me demande si j'ai bien dormi.

Ah-leeeeee, lui dis-je en embrassant le bout de mes doigts, ce qui fait rire Hadji Āghā et son ami quand je les embrasse en les écartant.

Hadji Āghā coupe le maigre concombre en trois, le sale et nous en propose un morceau.

Mon meilleur ami d'enfance, me dit Hadji Āghā en désignant Āghā Zadeh. L'homme responsable du plus gros aéroport d'Iran depuis onze ans.

Āghā Zadeh fait claquer sa langue et minimise cette présentation d'un geste de la main, en demandant à mon grand-père quand il cessera de parler du travail comme si c'était la chose la plus importante au monde.

Il me fait un signe de tête et me demande de l'appeler Hassan. Et si ça ne t'intéresse pas, nous ne parlerons pas de l'aéroport, promet-il.

Le thé, s'exclame Hadji Āghā en se levant soudain de sa chaise.

C'est comme un grand frère pour moi, m'explique Hassan tandis qu'Hadji Āghā se dirige vers la maison. J'avais ton âge quand mon père est mort, et c'est Hadji Āghā qui nous a aidés, personne d'autre.

Il me demande ensuite si je connais l'histoire de la boulangerie de mon grand-père.

Je secoue la tête.

Ah, dit-il, est-ce que tu as envie de l'entendre ?

Baleh, dis-je. Hassan ouvre une grenade, dont les pépins tombent tous, comme par magie, dans le bol posé sur ses genoux, sans la peau blanche et amère qui en gâche toujours le goût. Il s'envoie une poignée de graines dans la bouche, puis me tend le bol en me disant que le reste est pour moi.

Pendant la guerre contre l'Irak, commence Hassan, c'est devenu la boulangerie la plus courue d'Ispahan. La guerre a duré huit ans et chaque année, Hadji Āghā se mettait au travail le matin de Norouz et il ne s'arrêtait plus jusqu'à la fin de la journée, pas même pour boire un verre de thé.

C'est impossible, dis-je en souriant.

Encore en train de raconter des histoires ? demande Hadji Āghā en revenant dans le jardin avec une panière de pain, une assiette de noix, de dattes et de panir frais, le fromage que mange Maman à la maison.

Tu as entendu la même chose que moi ? demande Hassan avec emphase. Je crois que c'était le chaï qui appelait Hadji Āghā, s'esclaffe-t-il en lui faisant signe de repartir.

Hassan lisse sa fine moustache et soutient qu'il l'a vu de ses propres yeux.

Et si Hadji Āghā n'avait pas eu besoin de dormir, je te promets qu'il aurait fait son pain sans s'arrêter pendant les treize jours du Nouvel An persan.

Mais pourquoi tout ce pain ? demandé-je.

Ma'zerat mikhām, dit Hassan, pardon. Il attrape une nouvelle poignée de graines de grenade dans le bol.

C'est parce que les choses allaient extrêmement mal, poursuit-il. Pas d'eau potable, pas de vivres, les gens n'avaient plus rien à manger.

Son idée était de faire en sorte que, pour Norouz, toutes les familles qui venaient lui demander de la nourriture puissent manger.

Et tous les boulangers faisaient ça ?

Hassan secoue la tête, il me dit que c'est grâce à tout ce que mon grand-père a fait pour les gens d'Ispahan qu'ils continuent de préférer sa boulangerie aux centaines d'autres, et que c'est maintenant mon amu qui a repris le flambeau.

Le sol de la maison d'Hadji Āghā donne l'impression d'avoir été taillé dans la roche. Il n'y a pas de moquette, seulement un petit tapis beige avec un liseré de fleurs bleues et rouges. La maison paraît vide, abandonnée, sombre et humide, comme si quelque chose était en train de pourrir derrière les murs. Je ne comprends pas ce que c'est, jusqu'à ce que j'aille aux toilettes.

Il n'y a pas de toilettes, en réalité, rien qu'un trou percé dans le sol glissant de la douche. Il faut placer ses pieds de part et d'autre, viser et rester immobile malgré l'eau du trou qui m'éclabousse les chevilles. Après que j'ai fini, l'odeur de vieille merde me colle à la peau même si je me lave plusieurs fois.

Et tout comme dans notre appartement, mes frères et moi partageons une chambre, sauf qu'ici Baba dort lui aussi avec nous. L'électricité saute régulièrement, si bien qu'il n'y a pas grand-chose à faire le soir. Une fois couché, j'entends les cafards grouiller et siffler depuis les fissures des murs, mais quand j'en parle à Shawn, il me répond que je rêve, que les cafards ne sifflent pas. Je les entends pourtant toute la nuit et je les sens aussi qui passent sur mon corps, entre mes orteils et le long de mes tibias. Ils repèrent quand on dort, me dit Justin le matin, une fois qu'on a fini le namaz. Il dit qu'il en a vu un marcher sur le front et la paupière de Baba et qu'il est apparu pile au moment où il se mettait à ronfler.

Son histoire me fait frémir. Je lui demande ce qu'il a fait.

Rien, dit-il en secouant son tapis de prière. T'aurais fait quoi, toi ?

Au coin de la rue d'Hadji Āghā, il y a une minuscule épicerie qui vend des chewing-gums, des pétards, des sodas et des bonbons persans. Quand Baba est endormi, je fouille les poches de son pantalon et de son manteau à la recherche de tomans et je pique de quoi nous acheter un chewing-gum chacun, ceux avec la mini-BD à l'intérieur, les mêmes qu'au 7-Eleven de Canoga Park.

Dans la cuisine, Baba fait la vaisselle du petit déjeuner. Je vais voir dans l'armoire, où est accroché son manteau de laine gris, mais il n'y a rien. Je prends son pantalon sur le cintre et je le secoue, mais il en tombe seulement quelques peluches.

Quand je me retourne pour sortir de la chambre, je remarque son portefeuille posé sur la commode, près du lit. Je l'emporte dans la salle de bains, le cœur battant.

Je l'ouvre trop vite et la partie centrale se déplie, répandant une liasse de billets iraniens sur le sol. J'en planque quelques-uns dans mes chaussettes, et quand je replie le portefeuille, je découvre une photo en noir et blanc que je n'avais jamais vue, glissée dans l'un des compartiments en plastique. Je la sors avec précaution. Elle est pâle et déchirée. Baba et un autre homme posent devant une statue, entourés de hauts immeubles, un énorme panneau Coca-Cola au-dessus de leur tête et de la neige à leurs pieds. Baba a l'air si jeune, avec sa tignasse bouclée, et l'homme à côté de lui paraît plus juvénile encore. Il a de longs cheveux ondulés qui lui tombent jusqu'aux épaules, pas la moindre marque ou ride sur le visage. Ils sont très beaux tous les deux, ils ont l'air très américains.

Je retourne la photo. *Times Square avec David, 1981*, a écrit Baba, l'encre noire a bavé, et avant que j'aie le temps de la fourrer dans ma chaussette, la porte de la salle de bains s'ouvre.

Regarde ce que j'ai trouvé, dis-je en lui tendant la photo.

J'essaie de passer mais Baba m'attrape par l'épaule. Tu l'as trouvée où ?

Là, par terre. J'espère qu'il ne remarquera pas la bosse que fait le portefeuille dans ma poche.

Merci, souffle Baba en me caressant la joue. Elle a dû tomber de mon portefeuille.

Il regarde la photo comme s'il la voyait pour la première fois. Le soir de la pièce de David, sourit Baba.

Eshgh, me dit-il. Sa pièce parlait d'amour et, à la fin de la représentation, il ne restait pas une personne assise dans le théâtre. Tout le monde était debout, applaudissait, pleurait, criait et applaudissait encore.

Tu lui as fait ton claquement de doigts spécial ? demandé-je.

Pas chi. Bien sûr.

Pourquoi tu as quitté New York ?

Il baisse la voix. La révolution, dit-il. Ici en Iran, ils ont retenu des otages à l'ambassade américaine. Personne à New York ne voulait embaucher un Iranien. J'avais une bourse intégralement payée par le shah en personne, tu le savais ? Et j'ai fini dans les premiers de ma promo à Columbia, mais ça n'a rien changé. Quand des malheurs touchent l'Amérique, les gens n'oublient pas facilement, voire pas du tout.

Il tâtonne ses poches, Tu n'as pas vu mon portefeuille par hasard ?

Je secoue la tête et je lui dis que je vais chercher dans la chambre. J'essaie de passer et cette fois il me laisse faire, puis referme la porte de la salle de bains derrière moi.

Shawn et moi jouons au foot avec une canette dans la ruelle derrière chez Hadji Āghā, on fait semblant d'être le personnage de notre dessin animé préféré ici, un jeune footballeur de Téhéran aux cheveux noirs et ondulés qui devient la star de la sélection iranienne.

La semaine dernière, pile après notre arrivée, nous avons vu nos voisins, Majid et Mohammad, qui lançaient des pétards sur le mur de la ruelle. Les deux frères viennent nous dire bonjour et Shawn leur demande s'ils en ont d'autres.

Majid dit qu'il revient tout de suite.

Nous planquons les pétards dans nos poches et nous avançons dans la ruelle derrière la rue du Geai, à la recherche de notre cible. Ce n'est que lorsque je marche sur un éclat de verre que je remarque que Mohammad est pieds nus et quand je lui demande pourquoi, il montre son grand frère et m'explique qu'il n'a le droit de porter des chaussures que quand Majid n'en a pas besoin.

Shawn choisit une maison de trois étages avec un grand jardin dans lequel balancer nos pétards. Nous vérifions qu'il n'y a personne et qu'on ne risque pas d'avoir des ennuis. Mais avant d'allumer le mien, je leur montre la maison d'à côté qui a une fenêtre ouverte et pas de moustiquaire.

Bien vu, me dit Shawn, qui a lu dans mes pensées. Mais c'est toi qui commences.

Majid s'écarte de quelques mètres en nous disant que c'est une mauvaise idée.

J'allume la mèche, j'envoie le pétard par la fenêtre et, avant qu'il ait explosé, mon frère balance le sien. Nous attendons en regardant la fumée qui sort de la maison, nous entendons ensuite une mère crier et ses enfants pleurer et quand je me retourne, je vois que Shawn est parti en courant vers un bout de la ruelle, tandis que Mohammad et Majid détalent dans l'autre sens. Je cours après Shawn en culpabilisant de ce qu'on vient de faire. Je crains que les frères nous balancent, qu'ils racontent tout à leur père et qu'il vienne nous chercher pour nous infliger une correction, qu'il fasse tout un scandale devant les voisins, qu'il dise que mes frères et moi n'avons rien à faire à Ispahan, que nous ne sommes plus les bienvenus ici.

Je cherche mon frère dans la rue du Geai. J'ai l'impression d'être au cœur de la ville, entouré du chaos des motos et des taxis, des bus et des vélos qui se font la guerre. Une fumée noire contamine l'air et je remonte le col de ma chemise pour me couvrir le nez.

Il y a surtout des vieux dans la rue, vêtus d'un qamis blanc et de sandales en cuir abîmées. Des stands qui proposent de petites boîtes de thé en carton, des pots de miel et des dattes, des lavashak aussi, les pâtes de fruits que nous aimons tant. Les marchands attendent les clients, assis sur des caisses de lait retournées.

Il est midi et tout s'arrête, les plus vieux commencent les ablutions en se versant l'eau d'une grande bouteille en plastique sur les bras et les pieds, ils se passent la main dans les cheveux et s'aspergent les joues. Ils étalent leur tapis de prière et s'agenouillent pour le namaz.

Je vois Shawn qui me cherche, un peu plus loin devant moi.

Avoue, me dit-il, tu as eu peur.

Tu crois que Majid et Mohammad vont nous balancer ?

J'espère pas, dit Shawn. Baba ne nous laisserait plus jamais sortir de chez Hadji Āghā, c'est clair.

Tu crois qu'il va où, toute la journée ?

Il cherche du boulot, grommelle mon frère, mais à son ton, je n'ai pas l'impression qu'il y croie réellement.

Ou peut-être qu'il a trouvé une nouvelle femme. Ouais, ça doit être ça, ajoute-t-il, approuvant ses propres paroles. Foutre en l'air notre famille, ça ne lui suffit pas, il faut qu'il se trouve une autre femme pour poursuivre la série.

Félicitations, me dit-il en me mettant un petit coup de coude. Tu vas voir ce que ça fait d'avoir un petit frère.

Je préférerais une sœur, lui dis-je en rebondissant sur sa blague vaseuse. Justin et toi, c'est bien assez.

Tu dis ça parce que t'es un chouchou à sa maman.

Il s'arrête devant un magasin qui vend des appareils électroniques en vrac. De là où je suis, je distingue l'ombre de la moustache qui pousse au-dessus de sa lèvre.

Tu crois vraiment qu'elle pense à nous en ce moment ? me demande Shawn. Qu'on lui manque ? Parce que moi pas. Je te parie que Maman a déjà déménagé et qu'elle a refait sa vie quelque part.

Je lui réponds qu'il se trompe et que bien évidemment on lui manque.

Tu rêves.

Nous nous arrêtons devant la boulangerie d'Hadji Āghā dans la rue Saadi et nous regardons notre amu avant d'entrer. Nous ne voyons jamais le petit frère de Baba parce qu'il est tout le temps en train de travailler. Il fume la cigarette qu'il garde au coin des lèvres sans jamais la sortir de sa bouche et curieusement sa cendre s'allonge sans se détacher. Amu a les lèvres pâles et gercées, il a de la farine sur les mains et les bras et sort des pains d'un four à l'intérieur duquel un feu brûle sous une pile de galets.

Je suis venu hier avec Baba, me dit Shawn. Il a dit qu'il voulait prendre du pain mais après avoir discuté quelques minutes, il s'est mis à crier sur Amu. L'immeuble d'à côté, me dit Shawn en me montrant le bâtiment beige, Baba n'arrêtait pas de dire qu'il était à lui.

Je m'approche et passe la main sur les hauts piliers de pierre surmontés de carreaux bleu clair ornés de mots persans.

Il est beau, dis-je.

D'après Shawn, Baba pense que ce qu'en fait Amu est un gâchis. Il a monté une école primaire privée où les parents ne paient rien. Baba dit qu'ils pourraient vendre les murs et se faire plein d'argent. De l'argent qui lui appartient, explique Shawn.

Je suis content qu'Amu ne l'ait pas écouté, dis-je à Shawn, au moment même où notre oncle sort de la boulangerie, tout étonné de nous voir.

Ne lui dis rien de tout ça, me chuchote Shawn.

Notre amu nous invite à entrer. Il essuie une table en bois dans un coin et nous fait signe de nous asseoir.

Il apporte trois verres de thé, une assiette de bamieh et une pile de zoolbia, dorés, collants et sucrés.

Comment va votre père ? demande-t-il à mon frère. Shawn hoche la tête, Merci, bad nist.

Khejālat keshidam, poursuit Amu, s'excusant pour son comportement de la veille.

Goosh kon, reprend-il en se curant les dents avec une allumette. Pour Hadji Āghā et moi, cet endroit est irremplaçable. Nous avons économisé pendant des années pour racheter le bâtiment d'à côté.

Midoonam, Amu, répond Shawn. Je comprends.

Divoonas, dit Amu. Comme nos élèves sont handicapés, les autres écoles les déclarent fous et elles les refusent en disant à leurs parents qu'ils n'ont qu'à les garder chez eux. Il détourne son visage empourpré pour cacher sa colère.

Il regarde par la fenêtre puis revient à Shawn et moi tandis que nous sirotons notre thé dans lequel nous faisons tomber des morceaux de sucre.

Vous savez que j'ai appris aux grands à faire le sangak ?

Loftan, dis-je. Ne vends pas le bâtiment, s'il te plaît. Où est-ce qu'ils iraient à l'école, les enfants ?

Tu comprends, dit-il. Pas d'école et puis quoi, gorosneh ? La faim jusqu'à la fin de leurs jours, une fois que leurs parents seront morts, c'est comme ça que ça se passe dans ce pays. Je ne...

Est-ce qu'il y a du sangak à rapporter à Hadji Āghā ? l'interrompt mon frère.

Amu sourit en plissant les yeux et en haussant les sourcils, comme Baba. Il se lève et emballe trois longs pains plats, qu'il nous pose sur l'épaule.

Je pourrai revenir demain ? demandé-je à Amu.

Lotfan, répond-il. J'aimerais beaucoup te montrer l'école.

Une fois dans la rue, Shawn me donne un grand coup de poing dans le dos qui me coupe la respiration et me fait lâcher mon pain. Il m'avait bien interdit de parler de l'immeuble. Si Baba apprend ce que tu as dit à Amu, hurle Shawn, c'est sur moi qu'il va cogner et alors, fais gaffe à ta gueule.

Nous sommes assis devant la mosquée de la place Naqsh-e Jahan, près d'une fontaine grande comme une piscine. Hadji Āghā nous a dit que tout ça appartenait autrefois au shah.

Des calèches passent sur la place et des enfants courent autour de la fontaine et s'éclaboussent en riant tandis que leurs mères leur crient de faire attention, de ne pas s'approcher du bord.

Shawn défie Justin de gratter un tour gratuit à un cocher dont la peau semble n'avoir jamais été abritée du soleil. Justin sautille vers l'homme qui mène son cheval à l'eau. On dirait qu'il devine ce que va lui dire Justin, parce qu'il fait immédiatement claquer sa langue et agite les bras pour nous faire signe de monter.

Pool nadārim, dit Justin, en retournant ses poches pour montrer qu'il n'a pas d'argent. L'homme lui dit de ne pas s'inquiéter et écarte nos inquiétudes d'un revers de main.

Nous montons tous les trois à l'arrière, Shawn se lève, le torse bombé, toisant les passants sur la place comme s'il était le shah en personne.

Votre frère me fait penser à mon fils aîné, dit le cocher en se tournant vers Justin et moi.

Il est où ? demande Justin.

Dites-lui de venir avec nous, ajouté-je.

Zireh zamin, répond le cocher en montrant le sol.

Nous échangeons un regard avec Justin, sans savoir quoi dire.

Nous finissons par revenir devant la mosquée dont l'homme nous montre le dôme bleu et or aux carreaux vernis luisant sous le soleil. Il nous parle des artistes qui, il y a plusieurs siècles, ont conçu les larges piliers et les rangées de balcons surmontés d'une terrasse, et comment, à cet endroit, des centaines et des centaines de personnes se rassemblent pour la prière de l'aurore.

Il se tait, comme si c'était lui qui découvrait la mosquée et pas nous.

Est-ce que les Pahlavi reviendront un jour pour reprendre leur pays ? demandé-je.

Shawn me pince en disant que je fais le zesht, je suis un visiteur et je ne devrais pas me montrer si impoli. Il me rappelle que Baba nous a déjà dit de ne pas mentionner le passé de l'Iran.

Tori nist, dit le cocher en regardant par-dessus son épaule, avant d'adresser un signe de tête à un collègue qui nous double.

Il se penche vers nous, son sourire a disparu et nous sentons l'odeur de la cigarette dans son haleine. Ils disent que c'est la révolution qui l'a renversé, mais en réalité, c'est l'Amérique qui a détrôné le shah d'Iran. Demandez à votre père, il vous racontera l'histoire.

Mais ce…

Notre cocher pose un doigt sur ses lèvres et regarde autour de lui. On ne doit pas parler de ces choses dans ce pays. Vous avez mangé, les garçons ? demande-t-il pour changer de sujet.

Je dis à Justin et Shawn que je suis affamé, que mon estomac gronde à la simple mention de nourriture.

C'est tā'rof, dit Justin. Il ne le pense pas, il essaie simplement d'être poli. Mais l'air doux et gentil du chauffeur raconte une autre histoire et il nous propose de venir manger et boire un chaï chez lui.

Je cherche à convaincre mes frères, certains que nous devons refuser son invitation. Merci, Āghā, intervient Shawn, mais notre père nous attend pour déjeuner à la maison.

Je regarde mes frères sauter de la calèche et, l'espace d'un instant, j'envisage de rester avec cet homme pour rencontrer sa famille et entendre d'autres histoires au sujet de son fils enterré, découvrir comment il est mort.

Khodāfez, dit Justin en tirant sur mon T-shirt.

Khodāfez, lancé-je au joli cheval du cocher quand il s'éloigne au trot.

Shawn part en courant vers la porte Qeysarie qui mène au bazar Bozorg, Justin et moi à ses trousses, jusqu'à ce que nous atteignions un long couloir bordé d'étals et de magasins où les gens mangent, boivent du thé et marchandent. Le Grand Bazar d'Ispahan est un quartier couvert, avec un plafond en terre bas comme dans une grotte et un dédale de couloirs frais et peu éclairés, remplis de plus d'objets que je ne peux en compter. Des antiquités, d'argent ou de bronze, débordent au coin de chaque allée. Casseroles et poêles, plats en cristal, bijoux, montres et chaînes, une rangée d'instruments en bois sur lesquels un homme et sa fille tendent sous nos yeux les cordes de ce qui sera un tanbur.

Je vois un tapis persan rouge suspendu à un crochet, la même couleur et la même forme que celui de Maman. Je passe mes doigts dans les fils qui pendent en bas, tirant dessus sans m'apercevoir que le fil s'allonge à mesure que je le défais. Un vieil homme assis sur une caisse en plastique se met à crier et s'approche en boitant, un balai dans les mains. Boro gom sho, crie-t-il en me chassant.

Je rattrape Justin et Shawn qui m'attendent à la sortie, mais au lieu de déboucher sur la place, nous arrivons dans une cour séparée du reste du bazar.

C'est plus calme ici, il y a une fontaine centrale dont des oiseaux boivent l'eau claire et, au fond, un petit café avec quelques tables. Un groupe de touristes fument des narguilés, un plateau de backgammon déplié devant eux.

Nous nous asseyons à l'une des tables libres, en nage. Je sors de ma chaussette le billet que j'ai piqué dans le portefeuille de Baba et je le montre à Justin et Shawn qui éclatent de rire.

Où est-ce que tu l'as trouvé ?

Je reviens, dis-je en m'approchant du comptoir.

J'attends que le propriétaire me remarque et se penche. Befarmāyn, dit-il. Qu'est-ce que je te sers ?

Trois glaces, s'il vous plaît.

Tout sourire, il me demande, C'est vous, les trois petits Américains ?

J'acquiesce tandis qu'un des types assis à la table de l'autre côté de la cour vient se placer à côté de moi au comptoir. Amir, lance-t-il, sigār dāri ?

Quand il se penche pour attraper son paquet de cigarettes, il effleure mon bras avec sa taille et l'odeur de sa peau, un mélange d'eau de Cologne, de fumée de cigarette et de sueur, s'échappe, je la sens sur ma lèvre, où j'aimerais tant qu'elle reste.

Il retourne à sa table et moi aussi, tenant dans les mains trois coupes pistache-cardamome. J'ai envie de dire à Justin et Shawn d'y aller, de me laisser là. Comme ça, ce mec pourra venir s'asseoir avec moi, avec sa cigarette au bec, sa chemise en jean entrouverte, ses poils noirs bouclés sur le torse.

Shawn prend une bouchée de sa glace et me passe le reste.

Moi, je veux une Rocky Road de chez Thrifty's, pas cette merde.

Justin me donne un coup de coude. Va demander à ton nouveau copain. Une boule de glace américaine contre cette petite princesse, dit-il en désignant Shawn.

Ne fais pas comme si ça te manquait pas, fait Shawn.

Justin se retourne pour lui répondre mais s'interrompt soudain et regarde autour de lui dans la cour.

Vous savez ce qui me manque ? dit-il. C'est de dormir.

Même l'école, ça me manque, putain, poursuit Justin avec un sourire forcé, en traçant un triangle dans sa glace avec le bout de sa cuillère en bois.

Quelque chose où j'étais bon et qui avait du sens.

Il désigne un magasin de tissus vide de tout client dont le propriétaire, assis dans un coin sur un petit tapis, égraine un chapelet rose, les yeux fermés.

Ici, les gens passent leur temps à prier au lieu de bosser, dit Justin.

C'est bien ce que je dis, intervient Shawn, l'air en colère.

C'est *notre* pays qui me manque, dit-il, là où on avait autre chose à foutre que prier et faire la sieste au milieu de la journée comme des chiards de maternelle.

Et tout le monde qui nous demande, *Et l'Amérique, c'est mieux que l'Iran ?* renchérit Justin en levant les yeux au ciel.

Du tac au tac, Shawn braille la réponse qu'il donne à tous les vieux d'Ispahan qui lui posent la question. Harf nadāreh, hurle-t-il, carrément, il imite alors tous les vieux Iraniens que nous avons rencontrés dans le quartier d'Hadji Āghā, il plisse les yeux, fait la moue et agite les mains en l'air, ce qui nous fait hurler de rire.

Le cadre métallique du lit de Baba tremble au rythme de ses ronflements tandis que je reste étendu, les yeux ouverts. Un petit ventilateur noir qui fait tournoyer l'air étouffant tout autour de nous bourdonne dans un coin.

J'ai l'impression qu'elle est si loin, l'époque où nous regardions un film tous les trois avec Maman, où elle passait ses ongles dans la paume de ma main. Je refais ce geste avec le coin de ma taie d'oreiller, que je plie pour former une pointe douce en demandant à Maman pourquoi elle met tant de temps à nous rejoindre, alors que Baba lui a téléphoné la semaine dernière.

Si elle était là, la maison d'Hadji Āghā me ferait moins peur. Avec elle, je me sentirais moins seul. Mais d'après Baba, Maman refuse de venir. Elle veut l'Amérique pour elle toute seule, dit-il. Quand je pense à elle, je me souviens de Canoga Park, de notre immeuble, de Christian et Johnny, des moments où on rigolait, assis avec eux dans l'escalier, pendant qu'ils racontaient leurs histoires – et c'est pour ça que Shawn m'a fait jurer d'arrêter de me rappeler.

Il sait dans quel état se met Baba quand je pleure, combien ça me manque de monter sur les pegs à l'arrière du BMX de Johnny et poser les mains sur ses épaules, comme quand nous roulions dans la vallée pour aller au Wash. Mes yeux se remplissent de larmes malgré moi et ça devient de plus en plus dur de respirer, comme si les sanglots avaient leurs propres poumons et aspiraient tout mon oxygène. Des bruits se coincent dans ma gorge pendant si longtemps qu'ils risquent de réveiller Baba, et si ça arrive encore cette nuit, s'il se réveille, c'est lui qui me forcera à arrêter de me souvenir.

Baba commence à crier à Justin de dormir, depuis l'autre bout de la pièce. Je ne m'étais pas aperçu que mon frère était réveillé lui aussi. Et il demande en murmurant à rentrer à la maison.

Seulement, cette fois, au lieu d'écouter Baba et de tenir sa langue, Justin insiste. Ramène-nous, crie-t-il, et même Shawn se retourne dans son lit et le supplie de se taire.

Baba sort les jambes de sous les draps et il reste assis un moment au bord du lit, essuyant ses yeux fatigués, il soupire quand la plante de ses pieds nus touche le sol.

Il demande à Justin s'il est devenu fou, s'il veut réveiller Hadji Āghā à crier comme ça. Il lui rappelle que notre grand-père est malade, qu'il a besoin de se reposer, il lui dit de se recoucher.

Mais Justin n'a pas aussi peur de Baba que moi, ou peut-être qu'il n'en peut plus de ne pas réussir à dormir. Il passe ses nuits éveillé, à écouter les cafards qui grouillent sur son oreiller en pensant combien l'école et sa chambre lui manquent, et il est ensuite censé se lever avec le soleil pour le namaz, si bien que maintenant que notre père lui ordonne de s'arrêter, notre frère ne l'écoute pas. Il continue de crier, demandant à Baba pourquoi il nous a amenés jusqu'ici. Chez nous, c'est là où on est nés, hurle-t-il.

Baba attrape son pantalon et en retire sa ceinture en grondant. Son ombre passe sur le mur, il se penche sur Justin, qui continue de poser ses questions, de plus en plus fort. Et tandis que Baba le fouette, j'écoute mon frère qui sanglote, allongé dans son lit, ses reniflements sonores, leur respiration bruyante, à Baba et lui. Il bat Justin, plus longtemps et plus fort qu'il ne l'a jamais fait, jusqu'à ce qu'enfin il s'arrête, déroule la ceinture serrée autour de son poing et la jette dans un coin. Il crie sur Justin, sur Shawn et moi aussi, il nous dit qu'il va à la salle de bains et qu'il ne veut pas entendre le moindre bruit quand il reviendra.

Quand Baba est sorti, je tends la main vers la petite table de nuit où Hadji Āghā range son coran et je trouve le mohr que j'y ai vu plus tôt dans la journée, la petite pierre de prière en argile que mon grand-père m'a autorisé à prendre. Je la serre dans ma paume, de plus en plus fort, en priant pour que notre séjour en Iran se termine, hoquetant entre deux sanglots. Je me dis que ça va aller pour Justin, bien sûr que oui. À la maison, il était toujours le premier à faire une blague quand Baba nous battait, même quand il avait encore des larmes dans les yeux. Mais cette fois, à la façon dont il est tourné dans son lit, complètement silencieux, j'ai l'impression que Baba lui a fait quelque chose qui laissera une marque.

Endors-toi, me dit Shawn quand il m'entend renifler, et je fais mon possible pour obéir à mon frère, pour rester silencieux et immobile comme lui.

Je me retourne vers la fenêtre sans lâcher la pierre, et je demande à Dieu de m'aider à m'endormir avant que Baba ressorte de la salle de bains.

Je rouvre les yeux au milieu de la nuit noire et étouffante. Je sens Baba soulever ma couverture, il me demande de lui faire de la place tandis qu'il se glisse sous le drap à côté de moi. Je sens son cœur qui tambourine, la chaleur de sa peau. Baba me chuchote qu'il vient m'aider à m'endormir, tout en me poussant vers la fenêtre pour avoir plus de place, et je me retrouve alors coincé entre le mur et mon matelas.

Je regarde le plafond, Baba essuie délicatement les traces des larmes séchées au coin de mes yeux. Il laisse reposer sa main sur mon visage, elle est douce et sent la cigarette, à moins que ce ne soit l'odeur de la pollution d'Ispahan qui a imprégné sa peau. Bebakhshid, chuchoté-je pour m'excuser d'avoir fait du bruit, il approche sa main de mes paupières et les ferme d'un geste doux.

Il me dit que ce n'est pas grave et me tourne sur le côté, si bien que je suis maintenant face au mur. Baba me serre, son corps rendu collant par la sueur, jusqu'à ce que j'arrête de trembler. Il n'y a pas un bruit de l'autre côté de la pièce, et tandis que j'essaie de m'endormir, la main de Baba descend silencieusement mon pyjama et mon slip jusqu'au niveau de mes genoux. L'air de la chambre est brûlant contre ma peau nue quand il se met à me chuchoter de ne pas m'inquiéter – Baba est là.

Pendant un moment, il me laisse et je reste allongé, immobile, tandis que sa main descend sur lui. Je fixe la peinture jaune brillant, j'observe ses reflets jusqu'à trouver une profonde fissure et je m'imagine alors que c'est le même stuc craquelé que dans notre appartement, bien que les murs ne se ressemblent en rien. Je le sens grossir, le lit grince quand Baba approche ce qui est devenu dur entre mes fesses, qu'il m'ouvre, je sens son souffle plus rapide, plus chaud, humide, dans mon cou. La paume de mes mains et la plante de mes pieds sont gelées, couvertes d'une sueur glacée, mais ça commence à me brûler à l'intérieur, mon ventre est en feu maintenant que Baba se frotte contre moi. Je veux lui dire d'arrêter, lui promettre que je vais m'endormir, mais alors il me criera dessus, mes frères se réveilleront et verront ce que nous faisons Baba et moi. Ils diront que c'est pour ça que j'ai toujours été son chouchou.

Alors je reste silencieux, mes lèvres scellées par leur peau gercée, et je serre les mâchoires à m'enfoncer les dents dans les gencives. La voix de Baba me dit à l'oreille que c'est bon pour moi, que ça va m'aider à dormir. J'essaie alors de laisser le sommeil me gagner, je repense à la fois où Baba m'a pris sur ses épaules dans l'océan, comme c'était bien qu'il disparaisse sous l'eau. Qu'il me laisse dans le giron de la vague, tout ce calme et ce bleu autour de moi, et en fermant les yeux, je m'y retrouve. Dans les flots de Malibu parcourus d'ombres, là où je n'ai pas besoin de mes frères, de Baba ou même de Maman, où mon corps m'appartient, à moi seul, tandis qu'une autre vague vient s'abattre tout autour de moi.

Baba me prend la main et la met entre mes jambes, là où c'est chaud, visqueux, mouillé. Pesaram, chuchote-t-il, quand ça t'arrivera, tu sauras que tu es devenu un homme.

Je le regarde sortir de mon lit et rejoindre l'autre côté de la chambre. Une fois qu'il s'est suffisamment éloigné, je retire mon slip pour m'essuyer avec. Je le cache sous le matelas, d'où je ne le ressortirai plus jamais.

Azizam, chuchote Maman, réveille-toi.

Je suis là, mon chéri, répète-t-elle en passant le dos de sa main sur ma joue. Elle approche ses lèvres de mon oreille, parle plus doucement maintenant. Azizam, dit-elle, c'est l'heure de partir. L'heure de se réveiller.

Je suis pelotonné sur la terrasse dans le jardin d'Hadji Āghā, les mains serrées contre la poitrine. Je continue de faire semblant de dormir tant que je peux. La brise fraîche se lève, le soleil commence à baisser, ce qui veut dire que d'une minute à l'autre Hadji Āghā va se réveiller de sa sieste et, maintenant que Maman est là, nous serons tous réunis.

Je laisse la soirée d'été absorber et diffuser la douceur de la voix de Maman, en me demandant s'ils les entendent comme moi, ses mots aux contours si doux, s'ils entendent que lorsqu'elle parle, la crasse et l'odeur de gasoil qui flotte dans l'air Ispahan disparaissent.

Je serre les paupières, je ne veux pas que Maman voie combien elle m'a manqué tandis qu'elle chuchote encore, Tout va bien, azizam, réveille-toi.

Je respire le parfum familier de la cardamome et du sucre en morceaux qui accompagne Hadji Āghā quand il arrive avec le thé, l'odeur mielleuse des figues tombées des arbres. Et malgré mes efforts pour les garder scellées, mes paupières se relèvent toutes seules. Je suis réveillé, Maman, je suis réveillé, ai-je envie de crier, mais quand j'ouvre les yeux, je découvre un visage qui ne ressemble qu'un peu à celui de Maman, malgré une voix identique.

Il me faut une seconde pour comprendre que c'est la sœur de Maman, notre khaleh, que je n'avais vue qu'en photo et qui a fait le trajet depuis Téhéran pour venir nous rendre visite, bien que personne ne nous ait avertis qu'elle serait là à notre réveil.

Salām azizam, dit Khaleh, les larmes aux yeux. Ses cheveux et sa peau sont plus clairs que ceux de Maman, elle a le visage plutôt long que rond, et quand je ferme les paupières pour écouter sa voix, j'ai vraiment l'impression que Maman est là.

Tout en me prenant dans ses bras, Khaleh me dit qu'elle est venue aussitôt qu'elle a pu après que Maman l'a prévenue que mes frères et moi étions ici. Et même si Baba dit que je suis trop grand pour les câlins, elle continue de me porter. Ma joue repose contre son épaule tiède quand nous sortons.

Mes frères nous suivent et franchissent le portail en bois en titubant. Justin, qui essuie ses larmes avec son poignet, répète à Khaleh qu'il voudrait que Hadji Āghā parte avec nous.

Vous rentrerez à la fin du week-end, dit Baba en répondant à sa place.

Sa berline blanche à la clim cassée crachote de l'air chaud, mais je m'en fiche. Avec Khaleh, dans sa voiture, Ispahan me paraît bien plus belle.

Au lieu de tourner dans la rue du Geai, Khaleh emprunte les ruelles et les petites voies sombres, les recoins du quartier où Shawn et moi allions avec Majid et son frère quand nous voulions nous planquer.

Khaleh roule quinze minutes, remontant tout le boulevard Kaveh, et apparaît alors enfin sur notre droite ce que notre tante voulait nous montrer, le pont Khaju, que mes frères et moi n'avons vu qu'en journée, quand nous sommes passés devant à toute vitesse avec Baba. Des lueurs dorées scintillent sur les arches innombrables qui se découpent sur le ciel nocturne.

Khaleh se gare sur le bas-côté, près d'un parc. Je sais qu'il est tard, dit-elle, mais si on s'approchait quelques minutes pour le voir de plus près ?

C'était mon endroit préféré quand j'habitais à Ispahan, nous révèle Khaleh alors que nous traversons le pont.

Je lui demande si elle y venait avec Maman et Khaleh acquiesce. Elle regarde les gens aller et venir, certains s'arrêtent et posent pour une photo. À son sourire discret, je vois qu'elle repense à ces sorties avec sa sœur. Si elles cherchaient à se retrouver toutes les deux, c'est qu'elles devaient être proches, bien plus que je ne le suis de mes frères.

Quand nous atteignons l'immense pavillon au milieu du pont, Khaleh nous montre les belles peintures et les mosaïques sur le plafond du dôme, les murs de briques ornés de calligraphies. Elle nous parle du shah Abbas II, qui a construit ce pont il y a plusieurs siècles, et nous raconte qu'il venait ici même en personne, à l'endroit où nous nous trouvons, pour contempler la vue sur Ispahan.

Je montre le lit du fleuve asséché et demande à Khaleh où est passée toute l'eau.

Il n'y en a pas assez, alors ils la coupent ici pour l'économiser et alimenter les autres villes.

Malgré l'absence d'eau sous le pont, on croirait que tout Ispahan est venu ce soir pour admirer la vue et profiter des parcs aux alentours. Des enfants plus petits que nous courent dans l'herbe pendant que leurs parents sortent le thé, les fruits et les graines de tournesol de leur pique-nique, des groupes d'amis jouent aux cartes et des vieux ont des plateaux de backgammon ouverts devant eux. Tout le monde est assis ensemble dans l'herbe, épaule contre épaule, à boire du thé et fumer des narguilés en riant. C'est le milieu de la semaine mais personne ne semble s'inquiéter de l'heure tardive.

Nous sommes comme ça. Quoi qu'ils nous prennent, dit Khaleh, en fermant les yeux et en inspirant l'air qui ne semble plus aussi vicié, nous trouvons le moyen de profiter.

Profiter de *quoi* ? demande Shawn en se couvrant les yeux avec son T-shirt pour se protéger de la poussière et de la terre qui s'élève du lit du fleuve. Zendegi, insiste Khaleh, en se tournant vers nous. Nous avons toujours cette vie dont on peut profiter, vous ne croyez pas ?

Nous roulons dans l'obscurité du désert pendant près de cinq heures d'affilée, mes frères ronflant sur la banquette arrière. Nous ne nous arrêtons qu'une fois pour prendre de l'essence et, alors que Khaleh attend que le réservoir se remplisse, je la rejoins dehors.

C'était à toi qu'Hadji Āghā parlait ce matin ? lui demandé-je après m'être souvenu qu'il avait passé près d'une heure au téléphone, alors qu'il ne s'en sert pratiquement jamais. C'est pour ça que tu es venue nous chercher à Ispahan ?

Khaleh secoue la tête, les yeux tournés vers le ciel sombre et poudré du désert. C'est ta maman qui me l'a demandé, dit-elle, et je vois qu'elle a de nouveau les yeux brillants de larmes. Est-ce que c'est vrai ? Tes frères et toi, vous ne saviez pas qu'il vous emmenait en Iran ?

Je secoue la tête. Baba nous a dit qu'on rentrerait au bout de quelques jours.

Khāk be saresh, chuchote Khaleh, le visage dur. Il devrait avoir honte. De si beaux garçons et voilà ce qu'il fait ?

Mais je ne sais pas quoi lui répondre, quoi lui dire, parce que personne ne nous a jamais parlé ainsi et je suis surpris quand elle me dit qu'elle nous aime, qu'elle promet de prendre soin de moi et de Justin et de Shawn, avec une détermination et une force nouvelles dans les yeux et dans la voix.

Nous reprenons la route, Khaleh se concentre sur sa conduite et moi, je regarde par la fenêtre. Il fait nuit noire, pas comme à Los Angeles où il y a toujours des lampadaires pour nous guider. Mais Khaleh n'a pas l'air inquiète ou effrayée. Elle dit qu'elle a fait ce trajet un millier de fois, qu'elle pourrait rouler les yeux fermés, et puis enfin Téhéran s'étend devant nous, illuminant le ciel nocturne.

Notre tante nous a déjà préparé un coin où dormir dans le salon de son appartement où, contrairement à la maison d'Hadji Āghā, il n'y a pas de cafards, de murs fissurés ou d'odeurs d'égout. Je me retourne vers Justin pour lui demander comment il va mais Shawn et lui sont déjà profondément endormis, partis pour la nuit. Au bout d'une heure à essayer d'ignorer les bruits provenant de la cuisine de Khaleh, les tuyaux qui résonnent et le bourdonnement sourd du réfrigérateur qui me donnent l'impression que Baba est là, à attendre que je m'endorme pour me rejoindre par terre sur mon matelas, je me lève et me précipite dans sa chambre.

Azizam, chuchote-t-elle en se redressant dans son lit, comme si elle m'attendait. Tout va bien ?

Je lui explique en essuyant mes larmes que je n'arrive pas à dormir. Il y a quelque chose de caché dans la cuisine qui attend que je m'endorme.

Viens, me dit-elle en soulevant sa couverture qu'elle repose sur moi tandis que j'appuie ma tête contre sa poitrine. Puis, une fois que mon corps est redevenu calme, elle me demande si elle peut me montrer quelque chose.

Elle se lève, enfile sa robe de chambre et allume la lampe. Suis-moi, chuchote-t-elle et, enveloppé dans sa couverture, je la suis dans la cuisine. Elle allume et attend que je relève la tête.

Tu vois, Azizam, chuchote-t-elle. Il n'y a personne ici.

Là-dessous, protesté-je en lui montrant le placard sous l'évier.

On va chercher ensemble, répond-elle en ouvrant les portes.

Est-ce que c'est parti ? demande Khaleh.

Il va revenir.

Pas tant que je serai avec toi.

Puisqu'on est debout, tu peux m'aider à préparer le thé, poursuit-elle.

En attendant que l'eau bouille, Khaleh attrape un livre rangé sur l'étagère au-dessus de la cuisinière et me demande si Maman nous a déjà lu du Farrokhzad.

Je secoue la tête et lui demande ce que c'est.

Elle laisse échapper un petit rire et se couvre la bouche, puis elle couvre la mienne car je commence à rire moi aussi. Chut, dit-elle, on va réveiller tes frères.

Une fois que nous avons retrouvé notre calme, Khaleh me dit que Forough Farrokhzad était l'une des plus grandes poétesses d'Iran et que c'est sa préférée depuis le lycée.

Je vais te lire un de ses poèmes, chuchote Khaleh. Mais ça reste entre nous, d'accord ?

Je porte un doigt à mes lèvres, comme le cocher de la place Naqsh-e Jahan, et Khaleh commence à lire.

Sur la couverture, il y a une photo de Forough qui me regarde droit dans les yeux. La tête légèrement inclinée sur le côté, ses cheveux courts couvrant ses oreilles. Le coin de sa bouche est imperceptiblement relevé pour former un minuscule sourire, mais ce sont peut-être ses yeux – des yeux si sombres, presque noirs et pourtant brillants, comme si de petits charbons brûlaient au fond d'eux – qui font que Forough sourit.

Et son poème, aussi, comme si ses paroles vivaient tout au fond de son regard, des mots dont Forough dit qu'ils sont enflammés par la vie, la page rougeoyant sous ses doigts.

Sais-tu ce que je veux dans la vie ? lit Khaleh, [...] *C'est être avec toi... toi, rien que toi*[1].

La bouilloire laisse échapper un sifflement strident qui nous fait sursauter tous les deux. Quand Khaleh se lève pour aller à la gazinière, la question sort toute seule.

Est-ce que Maman est un peu comme Forough ?

Khaleh se retourne et me regarde droit dans les yeux.

Comment ça ? demande-t-elle doucement.

Maman veut autre chose.

Elle prend une profonde inspiration, se rassoit à côté de moi, le menton posé sur son poing. Pendant un moment, nous regardons tous deux le thé infuser et l'eau se cuivrer dans son verre.

Khaleh prend mon visage entre ses mains, si chaudes, elle m'embrasse sur la joue puis me fait grimper sur ses genoux, bien que je sois trop grand pour tenir dessus, et je pose alors mon visage contre sa poitrine. Je sens son cœur qui bat fort mais lentement. Khaleh boit de petites gorgées et me tend son verre.

Naa merci, lui dis-je.

Puis elle commence à raconter, comme si elle lisait les poèmes de Forough, d'une voix puissante et basse. Je m'y revois comme si c'était hier, me dit-elle. Je suis allée rue Saadi pour acheter du pain à la boulangerie d'Hadji Āghā, et tout le monde répandait la nouvelle. Le fils d'Hadji Āghā, celui qui était ingénieur, rentrait d'Amérique, où il avait réussi. On disait qu'il revenait pour se trouver une femme.

Il venait chercher Maman ?

1. « Aimer », traduction de Jalal Alavinia. *(N.d.T.)*

Khaleh fait claquer sa langue. Les traditions sont différentes ici. Il fallait d'abord qu'il vienne prendre le thé à la maison.

Il portait un élégant costume gris, il était rasé de près et pendant tout le temps où il a parlé à Baba-jan, il n'a pas quitté Maryam du regard.

Qu'est-ce qu'il disait ?

Il racontait la vie en Amérique. Les maisons qu'il possédait, son métier d'ingénieur, la réputation qu'il s'était bâtie. Nous l'avons tous écouté sans dire un mot. Nous l'avons tous cru.

Je n'ai pas envie que Khaleh arrête de me décrire comment était Baba avant notre naissance, comment il a arrangé son mariage avec Maman, des histoires qu'ils ne nous ont jamais racontées.

Je me souviens comme elle était heureuse, poursuit Khaleh, comment, après sa deuxième visite, Maryam-jan a dit que oui, elle l'épouserait, qu'elle voulait partir en Amérique.

Parce que c'est mieux là-bas, dis-je en relevant la tête.

Khaleh acquiesce. Oui, parce que c'est ton pays, me dit-elle, sa voix redevenue un murmure, et Maryam a la permission de faire ce qu'elle veut.

Je manque de lui dire que ce n'est pas vrai, qu'avec Baba les choses sont différentes, mais je me souviens que c'est Maman qui s'est inscrite à une formation d'aide-soignante et qu'elle n'en a parlé à personne avant d'avoir terminé et trouvé un boulot puis qu'elle est allée à la fac. C'est Maman qui a décidé qu'elle allait obtenir son diplôme pour avoir un travail plus intéressant à l'hôpital, plus de responsabilités que la simple toilette des patients, plus d'argent aussi.

C'est ce qu'elle a toujours voulu, dit Khaleh. Même quand elle était petite, Maryam-jan disait tout le temps, *Un jour je partirai et je ne reviendrai jamais.*

Vers un endroit où elle pourrait avoir une autre vie, ajoute Khaleh, en se levant pour rincer son verre dans l'évier.

Et un nouveau nom, me dis-je, en me rappelant comment le camarade de Maman l'avait appelée quand je les avais vus à la fac.

Et toi, Khaleh-jan, est-ce que tu vivras tout le temps toute seule ?

Elle regarde pensivement autour d'elle.

J'aime bien vivre seule ici, dit-elle. Tu ne t'inquiètes pas pour moi, si ?

Mais tu ne vas pas te marier comme Maman ?

Azizam, chuchote-t-elle, en passant le dos de sa main sur mon visage avec un profond soupir. Comment expliquer ça ? souffle-t-elle, songeuse.

Khaleh me dit, La personne que j'aime… On ne pourrait pas se marier, même si on le voulait.

Elle ferme le livre dans un claquement sec et le repose sur l'étagère.

On finira le poème demain, promet-elle. Il faut encore que l'on dorme, tu te souviens ?

Nous sommes censés rentrer chez Hadji Āghā le lundi qui suit notre week-end à Téhéran. Quand il appelle ce matin-là, nous sommes sur le point de prendre le petit déjeuner tous ensemble dans la cuisine. Œufs brouillés avec tomates cerises et oignons nouveaux, une panière remplie de pains chauds. Khaleh a mis le thé à chauffer.

Nous parlons chacun notre tour à notre grand-père et en attendant que ce soit à moi, je fais tourner le cadran du téléphone en mettant mon doigt dans chacun des trous pour voir ce que ça fait.

C'est Justin qui lui parle le plus longtemps et, au milieu de leur conversation, de peur que l'on m'oublie, je m'approche du combiné et j'entends alors notre grand-père expliquer que nous allons rester un peu plus longtemps chez notre tante. Elle va nous emmener à Chomal, annonce-t-il à Justin, nous allons découvrir le joyau de l'Iran, les montagnes, toute cette verdure.

Justin l'écoute en hochant la tête puis il raccroche sans m'avoir passé Hadji Āghā.

Il devait y aller, me dit mon frère.
Tu lui as demandé des nouvelles de Baba ?
Il a juste dit qu'il travaillait.

Nous arrivons à Chomal en fin d'après-midi. Malgré la chaleur, il pleut des cordes, un rideau de pluie incessant. Khaleh nous emmène dans une maison au milieu de la forêt, entourée de chênes et d'érables et de hautes montagnes verdoyantes qui se dressent au loin. L'air est pur et je dis à Khaleh que je ne veux plus jamais repartir, qu'à l'odeur on croirait presque que l'océan n'est pas loin.

C'est la mer Caspienne, sourit-elle avant de prendre une profonde inspiration.

Elle nous montre notre chambre et nous dit qu'on peut faire la sieste pendant qu'elle prépare le dîner ou bien aller explorer les alentours. Il y a de grandes fenêtres, un parquet de bois blond et même une cheminée.

Nous disons à Khaleh que nous ne rentrerons pas trop tard et nous partons sur le chemin détrempé sans nous soucier de savoir où il nous mènera. Nous tombons sur une école, qui ne ressemble en rien à celle de chez nous. L'école d'ici ne comporte qu'une salle principale, sans porte, sans vitre et sans revêtement au sol. Le bâtiment est fait de terre et de pierres. Ils n'ont pas de poteau de spiroballe, de terrain de foot ou de basket, pas de cage à écureuil ou de balançoire. Assis devant un tableau noir poussiéreux, les élèves font semblant d'écouter. Ils nous regardent passer et je m'imagine assis parmi eux.

Le chemin continue et s'enfonce entre les arbres. Nous entendons un clapotis, un cours d'eau peut-être, et Justin part alors en exploration.

Cinq minutes plus tard, il nous crie de venir et quand nous le rejoignons, il est déjà torse nu, perché sur un rocher. La rivière est large et paraît profonde, et je n'arrive pas à croire qu'il va plonger mais c'est pourtant ce qu'il fait. À l'instant où Shawn tourne la tête, je le pousse dans l'eau. Je rejoins mes frères dans la rivière, nous jouons à nous couler et puis à jaillir du courant en poussant du pied sur le fond limoneux.

C'est le paradis, dit Shawn, en faisant la planche. Essayez, nous crie-t-il, laissez-vous aller et ça le fait.

Mes frères ferment les yeux et nous écoutons les divers bruits, les chants d'oiseaux qui tombent du haut des arbres.

On dirait de la musique, s'exclame Justin en ouvrant les yeux et en scrutant le ciel. Son torse et son cou sont encore striés des bleus laissés par le ceinturon de Baba, des zébrures qui semblent sur le point de s'ouvrir.

Je lui demande si ça fait mal. Il secoue la tête. Plus maintenant, dit-il, et Shawn ouvre alors les yeux.

On n'a qu'à rester à Chomal pour toujours et ne jamais retourner avec Baba, dis-je en me relevant, avant de prendre de l'eau entre mes mains pour me la verser sur la tête, comme si elle me purifiait de tout.

Shawn hoche la tête et promet, C'est notre nouvelle maison. Il sourit puis s'immerge à nouveau. Justin et moi plongeons à notre tour pour essayer de le rattraper, portés tous trois par le courant.

Le vendredi, le jour le plus sacré de la semaine où tous les magasins, bureaux et restaurants sont fermés, Khaleh nous ramène à Téhéran. Sauf que cette fois nous n'allons pas à son appartement, elle roule jusqu'à l'aéroport international de Mehrabad et se gare juste à côté de la grille d'entrée.

Qu'est-ce qu'on fait là ? demande Justin.

Elle se retourne vers lui et Shawn, puis vers moi. Vous rentrez chez vous, dit Khaleh.

Nous nous dévisageons sans rien dire, puis nous la regardons.

Tu veux dire à L.A. ? demande finalement Shawn.

Āreh. Khaleh hoche la tête.

Mais Baba a dit qu'on devait rester ici, en Iran, protesté-je, craignant qu'elle se soit trompée, que les gardes nous expulsent, qu'ils ne nous laissent pas monter dans l'avion sans l'autorisation de notre père, même si nous ne rêvons que de ça.

Vous vous souvenez d'Āghā Zadeh ? demande Khaleh. Hadji Āghā et lui ont tout arrangé. Puis elle remet le contact et entre dans l'enceinte de l'aéroport. Il est temps que vous retrouviez votre maman, les garçons.

Khaleh se gare près du terminal, où nous attend bel et bien Āghā Zadeh, l'ami d'enfance de notre grand-père, que je reconnais tout de suite. Il nous ouvre la portière, aide Khaleh à décharger nos sacs du coffre. Ses yeux marron foncé brillent un peu, comme ceux de Khaleh, qui détourne le regard et se couvre la bouche avec un pan de son hijab.

Quand Āghā Zadeh lui tend l'enveloppe contenant nos billets, elle ne dit pas un mot.

Votre mère va être si heureuse de vous retrouver tous les trois, dit-il.

Khaleh nous accompagne à la porte d'embarquement, suivie de loin par Āghā Zadeh. Avant que l'on passe le contrôle de sécurité, il me tend un sac à dos rempli de douceurs persanes : noix, fruits secs et lavashak. Pour rapporter chez vous, dit-il, un souvenir d'Iran.

Quand l'agent nous demande d'où on arrive et la raison de notre voyage, nous laissons Shawn parler et répéter ce qu'Āghā Zadeh lui a dit de répondre. Nous sommes allés rendre visite à notre grand-père en Iran pour la première fois cet été.

Alors même que l'agent essaie de le piéger, en le bombardant de questions sur un ton qui laisse entendre que nous avons fait quelque chose de mal, Shawn ne bronche pas et, impassible, donne chaque fois la même réponse. Nous avons la nationalité américaine, dit-il à l'agent, qui continue d'examiner nos passeports.

Trois coups de tampon sourds retentissent enfin, et quand je regarde la page de mon passeport, je découvre la date de notre arrivée inscrite en lettres épaisses à l'encre rose profond.

AUG 22, 1994, la veille de mes dix ans.

J'attrape le maillot de Shawn et l'enroule autour de mon doigt car j'ai trop peur de le lâcher, de me retrouver tout seul sous les lumières blanches qui m'aveuglent, abandonné au milieu des inconnus qui passent devant nous dans un sens et dans l'autre et des voix qui se déversent des enceintes accrochées trop haut pour que j'arrive à les repérer.

C'est moi qui la vois en premier tandis que nous nous frayons un chemin parmi les voyageurs. Maman attend à côté de la porte vitrée au bout du terminal, là où on nous avait dit qu'elle serait. Elle se tient, bras croisés, au milieu de la foule. Elle a un chemisier blanc sans manches, et elle s'est coupé les cheveux, un carré, comme Forough. Mes frères et moi avons sans doute changé tout autant au cours des trois derniers mois.

La valise que je fais rouler derrière moi claque sur les carreaux et Maman sourit en me voyant courir vers elle. Elle prend mon menton dans sa main et attire mon visage contre le sien, sa paume est si douce, sa peau est à la fois fraîche et tiède. J'ai envie de lui raconter tout l'Iran d'un coup. Le voyage avec sa sœur, Chomal, la rivière.

Salām, Maman, dit Justin en la serrant fort dans ses bras, même Shawn est heureux de la voir et réprime un sourire.

Elle nous aide à porter nos valises et quand nous sortons dans la douceur du soir, la brise me caresse le visage.

Les taxis sont garés en file le long du trottoir. Maman grimpe dans le premier. Nous restons tous les trois plantés là jusqu'à ce qu'elle nous demande ce qu'on attend. Zood bāsh, dit-elle, je vais être en retard au travail.

Sur la Freeway 405, Maman découvre que le chauffeur vient de Chiraz et elle lui pose alors plein de questions sur la ville en lui expliquant qu'elle n'a jamais réussi à y aller quand elle vivait en Iran car c'était trop loin. J'ai envie de dire à Maman que je comprends tout, de lui montrer combien j'ai progressé en persan.

Tu ne trouves pas qu'il ressemble à notre amu, dis-je à Shawn, et je décide alors de faire comme si le chauffeur était notre oncle. Nous passons sous un panneau vert puis un autre, les lettres argentées luisent dans la nuit et composent des noms que je commence à reconnaître. Puisque le chauffeur est de notre famille, je lui raconte comment c'était à Ispahan.

Āghā Chauffeur, chuchoté-je, mes frères et moi avons fait un tour de calèche sur une place qui a appartenu au shah, et nous avons vu les lumières dorées d'Ispahan depuis le pont de Khaju aussi. Nous sommes de vrais Iraniens maintenant, soufflé-je tandis qu'il prend la sortie en direction de Sherman Way.

La rue est bordée de lampadaires qui déversent une lumière orangée dans l'habitacle. Les palmiers se dressent de toute leur hauteur comme pour atteindre le ciel. Les trottoirs sont déserts et la chaussée bondée, comme quand nous sommes partis, il y a trois mois.

Notre chauffeur descend le premier et ouvre la porte coulissante. Il décharge nos bagages et Justin et moi nous approchons de la grille métallique pour scruter le parking.

Je me demande si Johnny et Christian sont toujours là, dis-je.

Tu vois bien que rien n'a changé, me répond mon frère. Il a raison. Même Maman fait comme si rien ne s'était passé, comme si nous n'étions jamais partis. Elle n'en parle pas, ne pose pas de questions, alors je m'efforce de l'imiter et de faire comme si tout allait bien. J'essaie d'écouter Shawn qui me répète que nous ne sommes partis que quelques mois, qu'il faut que j'arrête d'en faire tout un plat.

Nous traversons le parking de la résidence. J'adresse un signe à des voisins, une mère et ses deux fils. Elle porte les courses et leur crie dessus pour qu'ils l'aident.

Je lève le visage vers le ciel et ferme les yeux en me disant que c'est pour de vrai. Nous sommes rentrés, Baba n'est pas là et il ne pourra plus nous emmener.

Une fois à l'intérieur de l'immeuble, Shawn dit, Regardez un peu, on est rentrés *chez nous*.

Pour lui montrer que je suis capable d'en faire des tonnes, je laisse tomber ma valise et je m'agenouille pour embrasser la moquette crade du vestibule.

Home sweet home. Je souris à mes frères, à Maman, qui rit. Divooneh shodeh, dit-elle à Justin et Shawn.

Si tu avais été obligée de dormir dans la maison d'Hadji Āghā, toi aussi, tu serais devenue folle, rétorqué-je.

Elle ne t'écoute pas, me fait remarquer Shawn.

Ah ouais, sans déconner, dis-je.

III

DE PETITS AMÉRICAINS

Il faut qu'on trouve un truc à faire, dit Johnny.

Après qu'on s'est écorché les coudes et éclaté les genoux un nombre incalculable de fois en jouant au football sur les gravillons chauds et poisseux du parking, Johnny décrète qu'on devrait aller voir ailleurs. Il faut qu'on profite au maximum du temps qu'il nous reste avant la rentrée.

Il n'y a nulle part où aller, dit Shawn. C'est soit ici, soit le terrain de basket près de l'église.

On peut toujours aller nager, propose Justin.

Non, réplique Shawn du tac au tac. Il ne s'est toujours pas remis de notre dernière fois à la piscine municipale. Un gamin avait chié dans le bassin mais aucun de nous ne l'avait remarqué, jusqu'à ce qu'on voie des petits morceaux flotter autour de nous. Shawn s'est mis à hurler comme un taré quand il a compris que le petit insecte marron en train de se noyer à côté de lui était en réalité tout à fait autre chose. Johnny et moi avons eu un fou rire pendant tout le reste de l'après-midi et on rigole encore chaque fois qu'on y repense.

Il faut qu'on trouve un truc, insiste Johnny.

Nos mères bossent chaque jour de cet été caniculaire qui étouffe la vallée et elles sont trop fatiguées pour nous emmener à la plage, au cinéma ou même au centre commercial, où on pourrait au moins profiter de la clim. On se fait tellement chier que je prends parfois trois douches par jour, rien que pour faire passer le temps.

Le parking à l'arrière de notre bâtiment est notre royaume. Derrière les bennes, dans un recoin où personne ne vient à cause de l'odeur, on cherche des mégots avec encore suffisamment de tabac pour être rallumés. Dans les espaces de parking couverts sur la gauche, on fuit les quarante degrés qui nous assomment et on rassemble les bouteilles de bière vides qu'on trouve par terre. La nuit, on les balance sur les voitures qui passent sur Sherman Way, pour le grésillement du verre brisé, pour l'ivresse qui nous gagne quand on entend le crissement des freins, le bruit des pieds qui martèlent le trottoir et les insultes, pour l'adrénaline qui parcourt nos corps.

Une fois que le soleil s'est couché, Johnny, Justin et moi nous introduisons dans l'école privée de West Hills, le quartier voisin. Shawn est parti de son côté, il préfère faire des paniers.

Johnny passe le premier. Il saute par-dessus le grillage en un mouvement ample. Je le suis avec Justin, nous prenons notre temps. Nous observons l'école, il y a encore une barrière à escalader et nous courons maintenant vers le grand terrain verdoyant, que nous avons pour nous seuls. Nous retirons nos T-shirts et nous laissons nos corps chauds s'imprégner de la bruine de l'arrosage automatique.

Je vous avais dit que c'était une bonne idée, nous crie Johnny.

Justin s'approche tout près d'un asperseur. On dirait qu'il est en transe. Il garde les bras levés, un grand sourire sur son visage, les yeux fermés. Quand le jet lui percute la poitrine, le choc sourd contre le corps de mon frère retentit dans la nuit et me fait un peu peur.

J'ai l'impression qu'il va revenir ici tout seul, dis-je à Johnny.

Il devrait, répond-il. Ça vaut mieux que d'aller griller sur le parking.

Un soir de semaine, je traîne avec les grands sur la pelouse au pied de l'immeuble, je les écoute s'envoyer des vannes, je les regarde partager des histoires et des clopes.

Les gars du bahut de Christian demandent à Johnny de raconter encore. Ils disent qu'au printemps, ils l'ont vu se faufiler derrière le gymnase avec une fille de son cours du matin qui avait flashé sur lui.

Ils braillent tous en même temps comme pour un concours de la plus grande gueule mais c'est Christian qui l'emporte. Le groupe se tait pour entendre ce qu'il a à dire. Peu importe que Johnny n'ait pas fini, ils savent bien que c'est lui qui sortira la meilleure. Tout le monde passe donc à autre chose, ce qui visiblement ne dérange pas Johnny. Il préfère écouter plutôt que d'inventer une histoire sur les trucs qu'il aurait faits avec une fille qu'il connaît à peine.

Justin, qui a l'air de s'ennuyer, rentre, mais Shawn et moi attendons avec impatience la fin de l'histoire de Christian.

Tout le monde se penche, la main posée sur son dos, jusqu'à ce que là, sur son short, on la voie. La goutte tombée de la bouche de sa meuf forme une croûte blanche qu'il présente comme une preuve.

Il tire une autre latte et ses yeux s'embrasent comme le bout rougeoyant de sa clope tandis qu'il aspire la fumée, et je sens alors l'attention du groupe se porter sur moi. Il prend à nouveau sa grosse voix et dit qu'à mon âge, il s'était déjà fait sucer. Si tu continues d'être une petite lopette, tu resteras puceau jusqu'à la fin de ta vie. Ha ha ha, fait le groupe, mais Christian les fait taire et ajoute que la prochaine fois que je vois Crystal, je ferais bien de tenter un truc. Ça coûte quoi d'essayer, hein ?

J'attends que Shawn intervienne, qu'il fasse oublier mon silence avec une histoire à lui, qu'il m'épargne d'avoir l'air complètement con, comme un petit garçon apeuré, devant les autres. Et même si je ne désire rien d'autre, je n'arrive pas à trouver un ton aussi léger que le leur. Mon estomac se serre et se serre encore. Et Christian chantonne maintenant le nom de Crystal, les mains plaquées sur son short, et tout le monde rigole pendant qu'il fait tournoyer sa bite comme si elle était indépendante de son corps. Et comme il continue, on l'imite en souriant, en hochant la tête et en riant avec lui, ha ha ha.

Alors, tu te ramènes ? me fait Shawn.

Je suis dans le canapé et il se tient au-dessus de moi, il me colle son ballon sous le nez, suffisamment près pour que je puisse voir que le Spalding est couvert de crasse, ce qui explique pourquoi ses T-shirts amples sont toujours aussi sales.

Vas-y sans moi, réponds-je, encore à moitié endormi.

C'est pour ça que tu seras toujours nul, lance-t-il en fourrant le ballon dans son sac.

Si tu changes d'avis, tu sais où me trouver. Il claque la porte de l'appartement derrière lui.

Je ferme les yeux et essaie de me rendormir.

Je sais ce que dira Shawn l'été prochain, si je ne suis pas pris à l'issue des sélections pour l'équipe des seconde. C'est parce que j'ai été une feignasse, que je ne me suis pas assez entraîné.

C'est le début de l'année scolaire et je suis déjà largué. Plusieurs profs craignent que je rate mes examens. J'ai essayé de m'appliquer. Mais chaque fois que je m'assois à la table de la cuisine pour faire mes devoirs de maths ou réviser pour mon contrôle d'histoire des États-Unis, je perds vite ma concentration.

Je suis déjà en short et T-shirt, je vais choper mes chaussures dans ma chambre et deux bouteilles d'eau sur le comptoir de la cuisine puis je sors en courant pour rattraper Shawn.

Je le retrouve au carrefour où il m'attendait en dribblant entre ses jambes. Il savait que je viendrais.

Shawn se met en marche vers le terrain en continuant de dribbler, le ballon passe entre ses jambes sans qu'il se rate une seule fois.

C'est son jeu préféré : s'il perd le contrôle du ballon, il doit retourner à notre immeuble et recommencer. C'est comme ça que tu t'améliores, affirme Shawn.

À trois rues du terrain, son rythme s'enraye, le ballon touche sa cheville gauche et Shawn se précipite sur la chaussée où le Spalding a rebondi. Une voiture pile, et un homme à l'épaisse barbe noire sort en hurlant, Mais t'es taré ou quoi ? Le ballon percute une camionnette sur la voie d'en face, puis une autre, et continue ses ricochets sur Sherman Way.

Shawn se jette dans le carrefour au milieu des coups de klaxon et des crissements de pneus. Je préfère ne pas regarder. Pas étonnant qu'il soit à ce point meilleur que moi. Je ricane. Il est littéralement prêt à mourir pour le basket.

Shawn me rejoint sur le trottoir, transpirant et essoufflé, le Spalding collé contre lui. Qu'est-ce que tu regardes comme ça ? me dit-il. On recommence.

Tu sais que tu n'es pas obligé de prendre le basket autant au sérieux, lui dis-je. Ce n'est qu'un jeu.

Et *qui* dit ça ? Il se tourne vers moi, son visage tout près du mien. Mon branleur de petit frère ?

Je lève les yeux au ciel et envisage de rentrer, mais je sais que ça ne ferait que confirmer ce qu'il dit.

Je continue de le suivre tandis qu'il marche vers Topanga, je le regarde reprendre ses dribbles entre les jambes, il a changé de rythme, le Spalding rebondit plus vite cette fois, plus fort, et il claque sur le béton. Dès que nous arrivons au terrain, Shawn retire son T-shirt et attrape son maillot Jordan dans son sac, celui qu'il portait dans l'avion qui nous a ramenés d'Iran.

Le terrain, entouré d'immeubles et flanqué d'une église désaffectée, est plus exactement un parking abandonné où se trouve un panier et dont Shawn a fait son jardin. Le samedi et le dimanche, il quitte l'appartement de bonne heure et ne rentre qu'à la nuit tombée. Il est même devenu pote avec des types plus vieux qui l'ont vu jouer. Le soir, quand la température baisse, ils forment des équipes et font des matchs, Shawn peut alors mettre en œuvre tous les moves qu'il a travaillés inlassablement.

Le ballon passe dans le filet et me tombe dans les mains. Shawn n'a pas besoin d'aller courir après ses rebonds – il ne rate jamais un shoot.

T'oublieras pas de me rendre la balle, dit-il en rentrant son maillot Jordan dans son short.

Je ne suis pas venu pour te regarder shooter. On fait un un-contre-un.

Un autre swish, je lui passe le ballon. Quel intérêt ? demande-t-il.

Ça joue, dis-je en guise de réponse. Et cette fois, essaie de moins chambrer.

Il laisse échapper un soupir forcé et affiche un sourire goguenard. T'iras pas dire que je t'avais pas prévenu.

Le premier à 11, un point par panier. Mais fais gaffe parce que ça va aller vite.

Il prend appui sur moi et je le pousse en bas du dos avec mon avant-bras pour essayer de le maintenir hors de la raquette.

Je suis toujours surpris quand je vois combien il est plus puissant que moi, ce qui me rappelle chaque fois que ce n'est pas parce que je suis plus grand que je peux rivaliser avec lui. Mon corps ne tient pas le choc, jamais, et même les vieux qui jouent avec lui après le boulot ne le branchent plus à cause de sa taille depuis qu'il les a battus les uns après les autres. Et c'est peut-être pour ça qu'il s'entraîne autant. Pour compenser les centimètres qui lui manquent, du haut de son mètre soixante-cinq.

Il pivote en dribblant de la main droite tout en m'enfonçant son coude gauche dans les côtes, puis il file vers l'arceau pour un lay-up facile, qu'il réussit en tirant la langue comme MJ.

1-0.

Il rentre un tir en extension depuis la tête de raquette, puis un deuxième.

Je t'avais prévenu, me dit-il en faisant rebondir le ballon. Tu peux pas test.

Ta gueule et joue! Je n'aurais pas dû crier. Il sait qu'il est en train de me manger le cerveau.

Continue de passer tes week-ends dans le canapé. Il sourit, m'enfonce son épaule dans la poitrine avant de placer un fadeaway. Le ballon caresse la planche et tombe dans l'arceau.

4-0.

C'est trop facile, dit-il en trottinant vers le milieu du terrain. Tu vas te faire chier à cirer le banc toute la saison prochaine, tout ça parce que tu t'entraînes pas.

Après la remise en jeu, il temporise un peu et c'est alors que je plonge pour intercepter mais le haut de son crâne cogne contre ma lèvre.

Il ne s'arrête pas et continue jusqu'au panier pour rentrer un lay-up sans opposition.

Je sens le goût du métal, j'ai les yeux qui pleurent et lui ne lève pas le pied. Je garde le ballon, plié en deux, en essuyant le sang que j'ai dans la bouche.

Check, me lance-t-il.

Je lui renvoie le ballon et il m'efface encore pour arriver sous le panier mais cette fois, alors que nous sommes tous les deux en l'air, je lui mets un coup de coude sur l'arête du nez. Son shoot roule sur l'arceau et je prends le rebond.

J'attends qu'il demande la faute mais il ne dit rien.

Je me précipite vers la ligne des trois points, c'est mon premier ballon, et il me marque au short, bas sur ses appuis. Il m'enfonce son bras dans le bas du dos, j'essaie de garder l'équilibre et de pivoter, comme il vient de le faire avec moi, puis je tente un shoot en extension qui ne touche même pas l'arceau. Le ballon sort, il sera pour lui.

Shawn regarde le ballon rouler vers l'entrée. Il essuie le mince filet de sang qui coule de son nez avec son maillot.

C'est toi qui as fait un air ball, dit-il, alors va chercher, bonhomme.

Je reviens sur le terrain et lui colle le ballon dans le ventre. À toi.

Toujours 5-0, annonce-t-il en s'essuyant le front. Et arrête les fautes, je te le dirai pas deux fois.

Il commence par m'enfoncer dans la raquette. Je garde le bras collé contre le bas de son dos et j'avance mon genou droit sous son cul, j'essaie de passer le bras autour de lui pour lui voler la balle.

Tout en dribblant, il se sert de sa main libre pour écarter mon bras. Mais comme je continue à faire faute, il me balance un coup de coude dans le bide pour faire passer le message. Je le pousse de toutes mes forces et il tombe par terre, le ventre sur le ballon.

Il se relève en un éclair et se jette sur moi pour me plaquer au sol. J'entends l'arrière de ma tête cogner contre le béton puis il me grimpe dessus et m'enfonce ses deux genoux dans le torse. Il me bloque les poignets pendant que je me débats de toutes mes forces. Je lui crache au visage alors qu'il continue de me gueuler dessus pour que je me calme et qu'il tape mes mains contre le sol encore et encore. Il se racle ensuite la gorge pour faire remonter un molard, un filet perlé de vert qu'il fait pendre de sa bouche et qu'il balance à quelques centimètres de mes lèvres. Il le ravale.

Sérieux, calme-toi, putain, dit-il. Il me regarde droit dans les yeux et continue d'enfoncer ses genoux jusqu'à ce que j'aie l'impression qu'il va me fracturer les côtes.

Je reste immobile un moment.

T'as fini ? demande-t-il.

Il commence à me relâcher mais j'ai alors assez de place pour relever la tête et planter les dents dans sa cuisse. Il braille à pleins poumons et crie que je suis un animal alors que c'est lui qui se comporte comme tel, avec ses cris et ses gémissements. Il crache son molard, qui m'atterrit dans le cou, mais j'ai la mâchoire serrée et il n'est pas question que je lâche. Je ne m'arrête que lorsque je sens sa peau sur ma langue, quand je vois des larmes dans ses yeux et que je comprends que je lui fais plus mal que je ne l'avais voulu. Je lâche prise et je me retourne, la joue contre l'asphalte.

On reste tous les deux étendus au pied du panier, Shawn regarde le ciel à travers le filet grisâtre. J'essuie son crachat avec mon T-shirt mais je sens toujours la marque chaude de sa salive comme un tampon sur ma peau.

Shawn ?

J'attends un moment, rien.

Shawn.

Ouais ? Il parle à voix basse.

Je me redresse, le cœur battant.

En Iran, avec Baba… pourquoi tu ne l'as pas arrêté ?

Mon frère soupire, se relève et, l'espace d'une seconde, j'ai l'impression qu'il va recommencer et me clouer les mains sur le bitume. Il va en fait chercher le ballon et le serre contre lui. Il regarde autour de nous, ce parking abandonné illuminé par le soleil couchant, entouré d'arbres aux fleurs rouges autour desquelles s'agglutinent des essaims d'abeilles, son échappatoire.

Tu réalises pas la chatte qu'on a eue d'être rentrés. Et non seulement ça, mais qu'en plus Baba soit resté en Iran. On peut faire tout ce qu'on veut. Il sourit calmement. *Pas vrai ?*

Alors pourquoi tu passerais pas plus de temps à penser à ce qui nous attend plutôt que de ressasser un truc qui est arrivé il y a plus de trois ans ?

Je lève les yeux vers mon frère et vois qu'il a suivi ses propres conseils. Nous n'avons pas parlé à Baba depuis notre retour et Shawn édicte maintenant ses propres règles au fil du temps. Je vois qu'il aime celui qu'il est en train de devenir, qu'il a confiance en l'image de lui-même qu'il s'est créée. Shawn garde le menton haut, il ne marmonne plus comme à l'époque où Baba vivait avec nous. Avec sa nouvelle coupe effilée, son bouc bien taillé et sa moustache, Shawn est devenu un putain de beau gosse, ses yeux marron clair sont rendus brillants par le futur qui s'ouvre devant lui, quoi qu'il puisse être.

Quand je me relève, il me dit de faire l'engagement, qu'on a un match à finir. Et alors qu'il me flanque un coup d'épaule dans le sternum, se servant encore une fois de sa puissance pour faire tout ce qu'il veut sur le terrain, il me dit qu'il va falloir que je m'endurcisse, qu'il en a marre que son petit frère soit traité de lopette chaque fois qu'on est avec nos potes et que je ne fasse rien pour que ça change.

Il fait trop chaud pour rester à l'intérieur et on a trop la flemme de bouger, alors Johnny et moi restons assis dans l'ombre, à ne rien faire à part raconter des conneries. Mais contrairement aux journées de classe où le temps semble toujours figé, il file quand je suis avec lui. Sans qu'on s'en aperçoive, la journée est déjà finie, le soleil est couché depuis longtemps et on n'a toujours pas mangé.

On va donc chercher des pièces tombées entre les coussins du canapé de sa mère et on repêche juste de quoi commander le nouveau meilleur plan du KFC. Une sauce barbecue, une sauce ranch et on se passe la minuscule boîte de pop-corn chicken en prenant notre temps pour savourer chaque morceau.

Mais ce soir, quand on a fini, plutôt que de rentrer, je propose à Johnny d'aller se promener au bord du Wash. Ça fait des années qu'on n'y est pas retournés.

Il a plu pendant deux jours et je veux aller m'asseoir au bord du fleuve tant qu'il est haut.

Il sait que je n'ai pas de veste, que je n'en ai jamais eu, il fait donc semblant de ne pas en avoir non plus. En jean et T-shirt, nous marchons jusqu'à Bassett Street, à quelques rues de là, puis nous nous glissons sous le grillage.

Nous nous asseyons sur le remblai de béton craquelé qui borde le Los Angeles, et les flots vert foncé, presque noirs, ne sont éclairés que par la lune. Je n'ai jamais vu l'eau aussi haute, il y aurait assez de fond pour plonger la tête la première si on voulait.

Johnny est assis assez près de moi pour que nos épaules se touchent, mais assez loin pour qu'il y ait la place que ça arrive. Et il suffirait que je penche mon visage vers le sien, rien qu'un tout petit peu : il est plus âgé et il sait comment ça marche. Mais je ne fais rien, j'imagine seulement ce que ça serait de sentir les poils au-dessus de sa lèvre effleurant les miens, son haleine chaude.

Nous regardons l'eau sombre du fleuve, Johnny fait peser son poids sur moi – son corps tiède, le mien tremblant – et la voix dans ma tête a beau me hurler d'approcher de ses lèvres, hurler plus encore quand je sens que je suis en train de rater l'occasion, ça ne change rien au fait que je suis incapable de bouger. Comme si mon corps était coincé ailleurs.

Il finit par décoller son corps et se lève, notre chance d'être ensemble s'est envolée.

On devrait rentrer, dit-il, on va attraper froid.

Quand Johnny passe de l'autre côté du grillage, je suis toujours assis au bord de l'eau. J'aimerais lui demander une deuxième chance.

Je lui dis que je n'ai pas envie de bouger et il hoche la tête.

À plus alors, dit-il. On se voit demain pour Thanksgiving.

Je descends lentement jusqu'au bord de l'eau, je fixe le fleuve, j'ai envie de me jeter dedans, de noyer ce corps qui refuse de me laisser embrasser Johnny. C'était comme si Dieu avait monté tout ça rien que pour nous, les miroitements de la lune, la pluie qui tombe si rarement dans la vallée, et le bras chaud de Johnny contre le mien. Tout ce que j'avais à faire, c'était pencher un peu la tête mais même ça, je n'ai pas réussi.

Je sais bien que ça ne sert à rien de demander à Maman si elle sera à la maison. Elle travaille, même ce soir, bien qu'on n'ait aucun plan puisqu'on n'a pas été invités à la soirée de Nouvel An de Christian.

L'hôpital paie les heures supplémentaires, dit-elle tandis qu'elle applique son rouge à lèvres et se met du parfum, se préparant pour la longue nuit qui l'attend.

Il y a du bademjan et du riz au frigo, dit Maman. Il suffit de les mettre quelques minutes au micro-ondes.

Mais c'est dégueu, ça, rétorque Justin. Tu ne peux pas nous laisser un peu d'argent pour qu'on s'achète un truc ?

Tu sais ce qu'elle va dire, intervient Shawn. *Elle n'a pas cuisiné les aubergines pour rien.*

Exactement, confirme l'expression sur le visage de Maman. Elle nous rappelle de verrouiller la porte derrière elle.

Quand Shawn se lève du canapé, je lui demande si je peux changer de chaîne et il me répond qu'il s'en fout. Je mets la 52, MTV, et je vois une foule d'un bon million de personnes serrées dans le froid, emmitouflées dans des écharpes, bonnets et gants, autant d'accessoires que nous ne possédons même pas.

Même si tu me payais, j'irais pas me geler le cul dehors comme ça, dit mon frère en enfilant ses chaussures avant d'attraper son ballon.

Allez, viens, insiste-t-il. Lève-toi, on va au terrain.

Maintenant ? Mais ce sera éteint.

Et alors ? Ça vaut toujours mieux que de rester ici.

Shawn sait que ça ne sert à rien de demander à Justin, qui préfère passer la soirée à lire tout seul dans notre chambre. Comme je ne dis rien, Shawn prend son sac, fourre son maillot dedans et s'en va, me laissant seul avec Justin.

Celui-ci va à la cuisine, ouvre le placard dans lequel Shawn range ses céréales (notre frère refuse de l'admettre mais il est accro aux Fruity Pebbles), il se verse un bol, vient le poser sur la table basse et retourne m'en préparer un. Comme on n'a plus de lait, il verse de l'eau dedans.

On termine le paquet sans se soucier de ce que dira Shawn. Après avoir rincé les bols dans l'évier, Justin me fait remarquer que je devrais passer moins de temps devant la télé. Je lui dis de vite venir s'asseoir sur le canapé avec moi, sinon il va rater le compte à rebours.

Ça ne veut rien dire, répond-il, c'est un jour comme un autre.

Il reprend son livre au milieu, il lit avec un stylo dans une main tandis que de l'autre il tripote le gros anneau qu'il s'est mis à l'oreille le mois dernier après s'être percé le lobe lui-même avec une aiguille de Maman.

Tu as déjà fini celui que tu lisais ? lui demandé-je.

Hier. Il relève la tête. J'ai commencé celui-là tout de suite après, ajoute-t-il en me montrant la couverture. Il l'a trouvé dans un placard, coincé entre les vieux manuels de Maman, et quand il lui a demandé d'où il venait, elle lui a expliqué qu'elle avait dû le lire à la fac pour un cours facultatif, mais qu'elle n'avait jamais réussi à le finir. Un de ses camarades lui avait fait un résumé. Mon frère rit.

Je me lève du sofa et il me tend le livre en glissant son stylo dedans pour que je ne perde pas sa page. C'est un petit roman, pas plus de cent cinquante pages, et Justin dit qu'il l'aura sûrement fini d'ici demain matin.

Le titre, *Siddhartha*, est inscrit en haut de la couverture, en grosses lettres blanches sur un fond bleu foncé, au-dessus d'une statue en bronze qui le représente assis en tailleur, une main ouverte sur ses genoux.

Je n'en suis qu'à la moitié, m'explique Justin, mais c'est en train de devenir mon bouquin préféré.

La couverture est trop belle, dis-je.

Tu devrais le lire quand j'aurai fini.

Je vais probablement m'endormir dessus.

Ou bien tu pourrais apprendre quelque chose d'important, rétorque mon frère.

Genre comment laisser tomber le lycée ?

Mon grand frère n'est plus retourné en cours depuis la fin du semestre dernier. Justin, le plus intelligent, le plus travailleur de nous trois.

Il rigole et secoue la tête. T'adores faire le malin, hein ?

Pourquoi je devrais me faire chier à rester assis six heures par jour dans un bahut qu'en a rien à foutre de ma gueule ? Tout ce dont j'ai besoin, je le trouve ici, conclut-il en me reprenant *Siddhartha*. Puis il retourne à sa lecture.

Et ensuite quoi, insisté-je, tu vas juste devenir un gros loser qui n'a pas fini le lycée ?

Dans un murmure, comme s'il se parlait à lui-même, il répond, Je vais passer une équivalence, ducon. Puis il ferme le livre et me regarde. Et si tu t'occupais de ton cul et que tu retournais dans le canapé, fait-il en montrant la télé. Tu ne voudrais surtout pas rater ton cher compte à rebours.

Un peu plus tard, je repère Johnny en train de fumer, assis dans l'escalier. Je le reconnais depuis le bout de l'allée. Je m'approche de lui, main tendue, pour lui demander une taffe. Tout en tirant sur la clope, je le regarde droit dans les yeux, ses yeux noisette dont il dit qu'ils viennent du côté de sa mère, les Portoricains, la seule famille qu'il ait réellement – son père vit au Texas et ne vient pratiquement jamais. Ce soir il porte le cadeau d'anniversaire que celui-ci lui a envoyé il y a trois ans, pour ses treize ans, un maillot vintage des Houston Astros, rouge et or avec une grosse étoile sur le ventre, rentré dans son jean bleu marine, avec une chaîne en argent autour du cou. Il jure que dans une autre vie, il aurait été le meilleur bloqueur de l'histoire du base-ball et quand je le vois étalé sur les marches, je n'ai aucun mal à le croire. Il a une poitrine et des épaules musclées, puissantes. Mais ce sont ses longs bras bronzés que je préfère, ses veines qui ressortent sans qu'il ait besoin de bander ses muscles, lesquels sont apparus l'été dernier avec la poussée de croissance qui lui fait frôler le mètre quatre-vingts. C'est lui le plus grand de notre groupe. Il aime bien se tondre les cheveux à ras maintenant, pour avoir l'air d'un homme, dit-il, avec son menton et sa lèvre parsemés de quelques poils et sa peau mate luisante.

Tout le monde est rentré ? demandé-je.

Nan, dit Johnny. Ils sont chez Christian, complètement déchirés. On croirait qu'ils n'ont jamais picolé. Il rit et s'allume une autre cigarette.

J'aurais bien aimé venir, dis-je.

Tu sais comment il est. Il dit qu'il ne veut pas avoir de gamins dans ses pattes, il fait le daron, tout ça parce qu'il aime se bourrer la gueule.

Ouais, pas grave.

Je m'assois une marche en dessous de lui, dos à la rampe, et je laisse la pluie me tomber sur les épaules.

Ça fait du bien, pas vrai ? dit Johnny.

Le ciel s'ouvre encore pour nous, je me recule et je sors ma langue pour attraper les gouttes.

Mais ouais, pareil pour moi, me dit-il.

Je me redresse en m'essuyant le visage.

Ç'aurait été mieux si tu avais été là, dit Johnny qui, à son tour, ouvre la bouche pour boire l'eau de pluie.

Maman attend le tout dernier moment, alors qu'on est garés devant le collège, pour m'annoncer qu'elle ne pourra pas être là pour ma cérémonie de remise de diplôme. Elle porte son uniforme de l'hôpital et m'explique en bafouillant qu'elle a fait tout ce qu'elle a pu mais qu'ils lui demandent de venir aujourd'hui et qu'elle n'a trouvé personne pour la remplacer.

Quand je descends de la voiture, elle me dit que je suis très beau, avec ma cravate marron, ma chemise blanche toute repassée et le pantalon bleu foncé que Shawn portait pour sa remise de diplôme il y a trois ans. Demande bien aux parents de tes copains de te prendre en photo quand ce sera ton tour, dit-elle.

Sur la scène, je serre la main du proviseur en tenant dans l'autre mon diplôme du brevet et en souriant pour personne. Une mer de parents, de petits frères et sœurs et de grands-parents qu'on est allé chercher en voiture pour l'occasion plisse les yeux et transpire, appareil photo autour du cou, sous le soleil blanc qui cogne sur la grande pelouse du collège.

Je fais comme si c'était pour moi qu'ils sont là. Comme si je m'en fichais que Maman ne soit pas dans le public. Plus que Baba ou Shawn ou Justin ou même Johnny, c'est bien Maman que je voudrais avoir avec moi pour la cérémonie – Maman qui sait combien c'est dur d'obtenir un diplôme. Il y a eu tant de moments où j'ai cru qu'on ne m'autoriserait pas à finir le collège. À force de tricher aux contrôles, de tout pomper sur internet, de répondre aux professeurs, de me faire virer de cours, le pire étant quand je me suis fait griller par mon prof de SVT, le dernier mois de l'année scolaire, alors que je lui avais rendu le cahier de TP de Justin. J'avais effacé son nom et je l'ai donné comme s'il n'allait se rendre compte de rien. Comme si je l'avais tenu soigneusement et avais pris des notes sur les expériences que nous avions faites tout au long du semestre, ainsi qu'il nous l'avait demandé. Quand j'ai été convoqué dans le bureau de la conseillère d'éducation, celle-ci a brandi le carnet noir en me menaçant de me renvoyer pour fraude et plagiat. Grelottant dans mon fauteuil qui se trouvait pile sous l'air conditionné, je me suis demandé comment elle faisait pour rester dans ce froid toute la journée. J'ai fait de mon mieux pour ne montrer aucune émotion et afficher un petit sourire insolent. Je ne voulais pas qu'elle sache à quel point je m'en voulais. Je sentais bien qu'elle me détestait. Elle avait un long visage tendu, froid et impassible. Je fixais les cicatrices qui descendaient du côté droit de son menton jusque dans son cou, je me demandais ce qui lui était arrivé, quelle proportion de son corps avait été brûlée, si c'était pour ça qu'elle était maintenant si sévère et qu'elle aimait autant le froid. Elle m'a dit que mon comportement me conduirait un jour en prison, et que si ça ne tenait qu'à elle, je serais exclu définitivement.

Je regarde mes camarades recevoir compliments et embrassades de leurs parents au regard brillant de fierté, et la conseillère féliciter les meilleurs élèves à qui elle remet des médailles d'excellence et des certificats pour leurs trois années de parfaite assiduité. Quand arrive mon tour, je traverse la scène et j'ai envie de la remercier de m'avoir accordé une autre chance, de m'excuser et de lui dire combien c'est important pour moi d'être diplômé, mais elle ne m'adresse pas un regard.

Je ne reste pas pour la suite de la cérémonie, je n'ai pas l'impression d'être à ma place. Je rentre tout seul à pied et je balance mon diplôme à la poubelle. Je ne l'ai pas vraiment mérité, alors pourquoi le garder et pourquoi Maman devrait-elle avoir le droit de le voir alors qu'elle n'était même pas là ?

Le lendemain matin en rentrant du travail, Maman vient me réveiller en passant sa main sur ma joue, attendant que j'ouvre les yeux. Elle pose quatre billets sur mon ventre. Depuis des années, on la tanne pour qu'elle nous emmène à Six Flags. Pour ton diplôme, me dit Maman avec un grand sourire.

On y va un dimanche et elle se lève avant nous pour préparer le pique-nique. Sandwich de pain pita avec de la mortadelle persane, des tranches de tomate, pickles et mayonnaise – le Fameux Sandwich de Mary, comme l'appelle Shawn. Je suis chargé de l'itinéraire, je dois l'aider grâce au papier sur lequel elle a griffonné les étapes jusqu'au parc d'attractions.

Valencia est à une heure de route au moins, et Maman évite généralement les autoroutes car ça la stresse, mais elle fait une exception aujourd'hui.

On prend la 118 puis la 5 et, alors qu'on approche de la sortie, on le voit au loin. On contemple, émerveillés, la grande montée du Colossus, les rails et la structure en bois blanc qui brillent sous le soleil, suspendus dans les cieux comme un escalier descendant des nuages.

Putain, y a pas moyen que je monte là-dessus, dit Justin.

Dehh, crie Maman, sa remontrance persane lorsque l'on jure, ce qui ne nous empêche évidemment pas de continuer.

Je l'aurais parié, dit Shawn. C'est trop tard pour te dégonfler, dit-il pendant qu'on se gare. Maintenant, on y est.

De toute façon, c'est pas moi qui vais me chier dessus, réplique Justin, ce qui nous fait tous rire, y compris Maman, parce que c'est vrai. De nous trois, c'est Shawn qui a l'estomac le plus fragile, même s'il refuse de le reconnaître. Il mange et fait tout ce qu'il veut, et s'il gerbe ou qu'il a la diarrhée, ce qui lui arrive souvent, tant pis.

Tout le monde chie, répète-t-il, mais moi c'est un peu plus liquide, c'est tout.

Alors bien sûr, c'est finalement Shawn et moi qui faisons le Colossus, trois fois, pendant que Justin va aux jeux d'arcade, muni des pièces que Maman garde normalement pour la laverie.

On arrive ensuite à convaincre Maman de monter avec nous, à condition de choisir un autre manège. Hors de question pour elle de faire le Colossus.

On choisit le Revolution, qui ne fait qu'un tour, n'a aucune grande descente et pour lequel personne ne fait la queue, ce qui montre bien que c'est un manège complètement naze, ainsi que nous l'expliquons à Maman, dans un demi-mensonge.

Shawn et moi, on est morts de rire pendant tout le tour, éclatés de l'avoir fait monter dans un grand huit alors qu'elle a un vertige pas possible. Comme les autres parents crient alors que nous, les enfants, on lève les bras, je m'attends à ce qu'elle en fasse autant, mais elle garde les yeux fermés tout du long et ne fait pas le moindre bruit.

Shawn achète même la photo souvenir sur laquelle elle est aussi blême qu'un fantôme, tandis que lui et moi, le visage rouge et les joues gonflées, tombons pratiquement de nos sièges.

Il faut que je m'assoie, souffle Maman quand nous descendons le plan incliné à la sortie du manège, tandis que Shawn court rejoindre Justin aux jeux en criant qu'il ne veut pas perdre une seconde.

Maman trouve un banc libre et dès qu'on est assis, elle se masse la nuque en disant qu'elle ne se sent pas bien du tout. Elle a du mal à respirer et sort de son sac un inhalateur que je ne l'avais jamais vue utiliser. Il n'y a rien que je puisse faire pour l'aider à aller mieux. Je déteste la voir comme ça, aussi effrayée.

Pardon de t'avoir menti, Maman. Mais pendant le manège, tu n'avais pas l'air d'avoir peur.

Qu'est-ce que t'en sais, me répond-elle durement sans cesser de masser les muscles de son cou.

Tu n'as pas fait le moindre bruit. Tu n'as pas entendu les autres adultes qui hurlaient ? lui demandé-je tandis qu'elle sort de son sac les sandwichs emballés dans du plastique, dont le pain est trempé du jus rose des tomates écrasées. Elle m'en tend un et je cherche du bout des doigts une partie qui ne soit pas spongieuse mais je n'en trouve aucune. Je fais de mon mieux pour ne pas montrer comme le sandwich me dégoûte, je le pose sur mes genoux sans le regarder.

Maman me le prend et le déballe et, alors qu'elle s'apprête à croquer dedans, des personnages Looney Tunes qui se promènent dans le parc surgissent devant nous. La bouche pleine de tomate, de mortadelle et de pickles, Maman leur dit de dégager. Boro gom sho, crie-t-elle à Bugs Bunny qui danse, chante, et la prend par le bras pour qu'elle aille se faire prendre en photo avec les autres. Je crie à Bugs qu'elle ne se sent pas bien. La personne dans le costume nous offre une fausse carotte et part rejoindre la danse en moonwalk.

Maman arrache de petits morceaux de pain humide pour les oiseaux qui se sont assemblés à nos pieds.

Elle secoue la tête. Une nuit, quand j'étais un peu plus jeune que toi, j'ai eu tellement de fièvre que j'ai commencé à avoir des hallucinations. Quatre jours, ça a duré, jusqu'à ce que Baba-jan entre dans ma chambre et que je ne sois plus capable de lui parler. Je transpirais, je transpirais, je n'avais plus d'eau dans le corps. Il a pris ma température, j'avais quarante de fièvre.

Tu te rends compte ?

Quarante, répété-je en secouant la tête, me retenant de poser d'autres questions pour lui laisser la place de poursuivre.

Khodā biāmorzesh, dit-elle en prenant une autre bouchée. Baba-jan n'avait pas de voiture, alors il m'a emmenée à l'hôpital à l'arrière de son vélo. Et quand on est arrivés là-bas, dit Maman, attaquant par le milieu une histoire qu'elle ne m'avait jamais racontée, le docteur lui a demandé pourquoi il ne m'avait pas amenée plus tôt. Encore un peu et votre fille mourait, c'est ce qu'il lui a dit.

Tu sais pourquoi j'y ai repensé ? me demande Maman.

Je secoue la tête.

Baba-jan a répondu exactement la même chose que toi à l'instant. Que je n'avais pas fait le moindre bruit.

Elle regarde son sandwich, hésite à prendre une autre bouchée, avant de se tourner vers moi. Elle a les yeux qui brillent, je me demande si ce sont des larmes qui montent ou si c'est simplement son regard qui est ainsi. Ça ne veut pas dire que je n'avais pas mal, dit-elle.

Alors pourquoi tu n'as pas demandé de l'aide ?

Avec son petit sourire, on croirait qu'elle parle de la vie d'une autre, qu'elle se souvient d'une époque qui ne lui semble plus réelle.

À la maison, à la mosquée et à l'école, il valait mieux ne rien dire. Et ça a marché, regarde où je suis aujourd'hui. J'ai ma vie à moi, dit-elle en chassant les miettes tombées sur ses genoux.

Elle remballe le sandwich. Tu n'as pas l'air d'avoir très faim, dit-elle. Qu'est-ce que t'en sais, rétorqué-je immédiatement, imitant sa réponse de tout à l'heure dans l'espoir de la faire rire, de l'arracher à son passé. Je veux qu'elle sache qu'elle n'a plus besoin de se taire, que ce serait mieux qu'elle parle, qu'ainsi je saurais qui elle est vraiment. Elle pourrait apprendre à me connaître aussi. Mais elle répète que ça a toujours marché pour elle de se taire, même à l'hôpital, où personne ne l'embête, parce qu'elle reste discrète.

Sheytoon, me lance-t-elle alors que je continue de la taquiner. Elle me prend par l'oreille, la tord légèrement, c'est la première fois depuis longtemps qu'elle approche mon visage du sien, et elle m'embrasse alors sur le front – mon petit garnement préféré, me dit Maman.

Christian arrive à la maison avec une boîte de feux d'artifice, les restes du 4 Juillet.

C'est pour nous ? demande Justin.

Devine, répond Christian avec un grand sourire.

Il faut qu'on aille sur le parking alors, dis-je.

Chope d'abord un briquet, dit Christian. Le mien est nul à chier, ajoute-t-il en le balançant à côté de lui.

Maman en a un dans la cuisine, non ? demandé-je à Justin.

Il va fouiller dans un tiroir qui déborde de papiers et de factures.

Je ne trouve pas de briquet, crie-t-il enfin, et il n'y a pas d'allumettes non plus.

Il revient à la porte avec un bâton d'encens violet.

Christian éclate de rire. Qu'est-ce que tu veux qu'on foute avec ça ?

Je peux l'allumer sur la gazinière, lui dit mon frère, puis on le prend pour tirer les feux d'artifice dehors.

Ça ne marchera jamais, répond Christian.

On peut essayer.

Justin retourne à la cuisine et nous le suivons.

Essaie d'en allumer un ici, qu'on ne perde pas de temps, dit Christian. Si la mèche prend, je l'éteindrai avec mes doigts, nous promet-il en montrant comment il la pince entre son pouce et son annulaire. Mais je te le dis, ça ne va pas marcher. Tu ne peux pas allumer un feu d'artifice avec un pauvre bâton d'encens.

Justin allume le gaz et approche le bâton, une odeur doucereuse flotte dans l'appartement. Passe-le-moi, lance-t-il à Christian, les yeux écarquillés.

Justin colle l'extrémité rougeoyante contre la mèche.

Je t'avais bien dit, fait Christian, c'était une idée à la…

Des étincelles jaillissent, suivies d'une nuée de *Oh merde* tandis que Justin essaie de pincer la mèche, sous les yeux ahuris de Christian, qui reste planté là, immobile. Justin essaie de l'éteindre mais ça ne marche pas. Il tente d'écraser la mèche même si Christian vient de dire que c'est lui qui s'en chargerait et les étincelles continuent de voler et mon frère de crier, Mais pourquoi ça s'éteint pas ? Et voilà que Christian s'écarte de la mèche qui rétrécit peu à peu entre les doigts de mon frère.

Justin se tourne vers moi, me pousse et me dit de me cacher parce que ça va péter, je me jette alors derrière le canapé, là où Christian est déjà recroquevillé, et nous nous couvrons la tête comme pendant les entraînements au séisme qu'on a au lycée, *se cacher se couvrir ne plus bouger*, puis je me redresse quand j'entends l'explosion : je n'ai jamais vu autant de couleurs de toute ma vie, elles fusent de la main de Justin.

Il jette le feu d'artifice dans l'évier mais c'est trop tard car les rideaux s'embrasent et l'alarme incendie s'est mise à nous hurler dessus.

Des seaux, braille Christian une fois que le feu d'artifice s'est enfin éteint. Où est-ce qu'ils sont, vos seaux ?

Justin ouvre le four où Maman range ses marmites et il en emporte autant qu'il peut dans la salle de bains pour les remplir dans la baignoire.

Quand il ressort, il balance de l'eau sur tous les petits incendies qui se sont déclarés dans notre appartement, il y a de la fumée partout, l'alarme retentit toujours, et d'une seconde à l'autre la police va débarquer et nous arrêter pour avoir commis un acte aussi débile, aussi interdit.

Mais personne ne vient, pas plus la police que les pompiers, pas même un voisin pour toquer à la porte.

Personne ne demande où est Maman ou pourquoi nous avons décidé d'allumer un feu d'artifice à l'intérieur. Rien que nous trois, assis au milieu des cratères noircis sur la moquette brûlée, qui faisons semblant que nous n'avons pas eu peur, que nous savions exactement ce qui allait se passer et que tout était sous contrôle. Bien sûr que c'était ce qu'on voulait, le voir exploser à l'intérieur, plus de couleurs que dans toute notre vie.

Tu aurais dû voir ça, dis-je à Maman.

Une semaine s'est écoulée depuis l'épisode du feu d'artifice et elle me regarde enfin à nouveau dans les yeux. Vu le nombre de trous dans la moquette, c'est un miracle qu'aucune étincelle n'ait atterri sur son tapis persan.

Maman est assise sur le canapé, son chéquier ouvert sur les genoux, elle ouvre le courrier et paie les factures. Je me fais une place à côté d'elle. Tout le monde a pété les plombs, lui dis-je. Shawn a battu un mec qui a été sélectionné pour le All-Star Game des lycéens. Le meilleur joueur amateur de toute la Californie.

Maman lève les yeux de son chéquier, une calculatrice dans une main, un crayon dans l'autre, ses épaisses lunettes de lecture posées sur le nez.

Au début, je ne pouvais pas regarder, lui raconté-je, j'ai cru qu'il allait se faire humilier et qu'il ne voudrait plus jamais revenir sur le terrain. J'ai même prié, ajouté-je, ce qui lui fait lever les yeux à nouveau, tandis qu'elle découpe un chèque et le glisse dans une enveloppe avant de la cacheter.

Je me lève en souriant, je repense à la tête de Malcolm. À la fin, dis-je à Maman, c'était le petit frère de Trevor qui ne pouvait plus regarder.

C'était magique, je n'avais jamais vu ça. Et comme il n'a pas raté un seul shoot, pas un seul, putain, Trevor n'a même pas touché le ballon.

Maman, crié-je en la secouant pour attirer son attention, ce qui fait tomber la calculatrice par terre. Je la ramasse tandis que Maman range ses affaires.

Shawn a été meilleur que jamais, insisté-je, meilleur qu'il ne le sera jamais. C'était comme s'il s'était transformé en joueur de NBA sur cinq manches.

Les vieux l'ont invité à déjeuner après ça. C'est avec eux qu'il traîne maintenant. Shawn a sa propre bande.

Baseh digeh, dit-elle. Je comprends. Elle va à la cuisine, jette un œil au riz et au poulet qu'elle prépare avant de partir au travail, puis me demande de couper le feu dans cinq minutes, elle va prendre une douche avant de se mettre en route.

Pendant que j'observais Shawn, bouche bée, mon regard aimanté par chacun de ses mouvements, j'ai ressenti un immense bonheur d'être son petit frère. Et je savais que, s'il avait été là, Baba aurait été impressionné lui aussi.

Le basket lui était totalement étranger et il trouvait le jeu parfaitement vain. Il a un jour demandé à Shawn sur le ton de la blague, alors qu'il lui renvoyait son ballon, s'il pensait devenir aussi bon que Kareem Abdul-Jabbar ; il voulait lui montrer qu'il connaissait au moins un joueur, même s'il savait bien que mon frère ne serait jamais aussi grand, loin de là.

Mon frère a mis plus de cinq ans à répondre à la question, mais la semaine dernière, c'est ce qu'il a fait. Imitant le bras roulé grâce auquel Kareem avait remporté cinq titres pour les Lakers, Shawn est devenu aussi charismatique que lui sur le terrain. C'était la première fois que je le voyais comme ça. Tellement silencieux, puissant et concentré que je ne reconnaissais plus mon frère.

Je touche le fond avec mes pieds et je marche vers Johnny, mon corps fendant lentement l'eau de la piscine. Il est assis sur les marches à côté de la rampe argentée, les genoux remontés contre sa poitrine, et quand j'approche il s'écarte pour me faire de la place. Le lourd clapotis fait remonter son short de bain, révélant la peau un peu plus claire sur le haut de sa cuisse. Christian et Shawn font des bombes dans la partie plus profonde. Les vaguelettes se brisent sur notre ventre. Je regarde danser sous l'eau les épais poils noirs sur les jambes de Johnny, en espérant qu'un jour les miennes ressembleront à ça.

Le soleil s'est presque couché et la fraîcheur du crépuscule s'accroche à notre peau, nos corps tremblent et nos jambes bougent au gré du courant, nos genoux dérivent doucement puis se touchent quand Johnny presse le sien contre le mien, sans rien dire. Des traits rouges comme des confettis parcourent le blanc de ses yeux – je sens que les miens piquent aussi. Tu ne devrais pas ouvrir les paupières sous l'eau, lui dis-je. Il se les frotte, comme si ça allait arranger quoi que ce soit.

Viens, on sort, lui dis-je, il commence à faire froid. Johnny colle son dos contre la marche, et je l'imite, nous posons tous les deux les mains sur la margelle en béton. Je laisse mes mains à plat dans les petites flaques qui se sont formées sur le bord, tendant les doigts vers les siens.

On a enfin acheté une PlayStation. Je lui propose de venir.

Il rigole. Pour jouer aux jeux vidéo ?

Et puis, ma mère n'est pas là, dis-je en tirant sur un fil de mon short.

Il se lève et moi aussi, on ne se sèche pas car on n'a pas apporté de serviette. On n'en prend jamais. Shawn et Christian nous regardent partir par le portail rose couvert de rouille. Rejoignez-nous quand vous avez fini, crie Johnny.

On va rester glander ici, répond Christian.

Shawn me fait un signe de tête et sourit avant d'atterrir en bombe dans la piscine, la plus grande éclaboussure qu'il ait faite, si énorme que l'eau arrive jusqu'à nous, de l'autre côté de la grille de la piscine. Johnny rit. Comment il fait, ton frère, pour balancer autant d'eau partout avec son corps de crevette ?

Une fois que nous nous retrouvons tous les deux sur le chemin de l'immeuble, c'est difficile de trouver quoi dire. Si Christian était là, ce serait lui qui ferait la conversation, il me vannerait sans doute sur le fait que je suis silencieux. Alors je me creuse la tête pour trouver une histoire, une des anecdotes que les autres racontent le soir dans l'escalier, mais alors Johnny devinerait sûrement que je l'ai volée, non ?

Je passe le premier dans le hall que nous avons traversé tant de fois, et bien que je connaisse cet endroit et que ce soit notre maison depuis des années, il est cette fois différent et nouveau. Ces couloirs qui m'ont toujours semblé trop longs sont plus courts, comme si j'avais grandi, les fines lignes jaunes qui courent le long des murs en stuc craquelés me paraissent plus marquées sous mes doigts.

Une fois à l'intérieur, je lui montre notre PlayStation et je lance le seul jeu que nous ayons, Need for Speed. J'attends que ça charge, nous regardons l'écran, tous deux assis sur mon lit. J'ai les jambes qui tremblent. Je sors à Johnny la réplique que j'ai répétée en prévision d'un après-midi comme celui-ci, après la piscine, sachant que Maman n'est pas là, qu'elle rentrera tard et que Justin est sorti avec ses potes.

Je crois que je vais me prendre un bain avant de jouer. Histoire de faire partir cette vieille odeur de chlore.

Je ne bouge pas, répond-il, sans relever la tête.

Dans la salle de bains, je cherche un truc pour faire de la mousse et je tourne le robinet. Puis je vais coller mon oreille contre la porte pour écouter Johnny qui tourne en rond dans la chambre.

Pendant que l'eau coule, je retire mon short et je vois que je bande, que je suis maintenant complètement dur. Je commence à me toucher et j'entends un grand coup sourd sur la porte, plus fort que le bruit de l'eau. Le bruit se répète, c'est Johnny qui frappe.

Je remets mon maillot, j'ouvre en grand et je le laisse entrer.

Je me faisais chier, dit-il en regardant l'étiquette qui dépasse à l'avant de mon short avec un sourire. Il s'assoit sur le lavabo, fait descendre le yoyo qu'il a pris sur mon lit.

Ça fait longtemps que j'ai pas joué avec ça, tiens. Je me demande si j'arrive encore à faire le roll'in.

La buée s'épaissit sur le miroir et j'en suis soulagé car je sens bien que je rougis et je n'ai pas envie de voir à quel point.

L'eau a presque atteint le bord de la baignoire qui manque de déborder. Je ferme le robinet et je regarde le bain, je sens les yeux de Johnny qui me transpercent les omoplates.

On dirait que l'eau est bleue, dis-je. Tu ne trouves pas ?

Johnny acquiesce. C'est à cause des vieux tuyaux, dit-il. Ça fait de l'eau bleue mais j'aime bien, c'est comme si tu étais dans ta piscine perso.

Continue de le regarder et il va être froid, ajoute-t-il, alors je retire à nouveau mon maillot en restant dos à lui. Je sors mes chevilles du tissu, je lève le pied et je trempe un orteil.

Comment elle est ? demande-t-il.

Je me retourne vers lui, le dos et les bras couverts de chair de poule. C'est le paradis, dis-je en entrant dans l'eau, en me couvrant avec mes mains pour être sûr que Johnny ne voie pas que, comparé à lui et aux autres gars qui sont tout le temps en train de se vanter de leurs grosses bites, j'en ai une bien plus petite.

Tu as raison, me dit-il en se reniflant l'avant-bras, on pue vraiment le chlore.

Je lui dis qu'il y a de la place s'il veut me rejoindre.

Alors pousse-toi un peu. C'est la première fois que je l'entends parler avec cette voix tremblante, nerveuse.

Il s'assoit sur le bord puis plonge les pieds dans l'eau et les coince sous moi. Il se penche en avant et s'asperge le visage, les gouttes dégoulinant sur ses épaules et sa poitrine.

Il remarque que je bande à nouveau, on se regarde maintenant.

Tu as déjà fait ça ? me demande-t-il.

Je ne réponds pas, je détourne les yeux puis je regarde à nouveau son visage.

Nous fixons tous deux le petit tourbillon qui se forme sous le robinet. Quand il me demande si je veux qu'il refasse couler de l'eau, j'attrape la ceinture de son maillot à deux mains et je le baisse. Il y a un concert de bruits aigus quand la baignoire finit de se vider, ne laissant que deux points sur la bonde métallique orange de rouille. J'incline la tête et je remplis ma bouche de la peau de Johnny, je le goûte, je sens les traces du chlore, sa bite amère et chaude et salée sur ma langue, son goût qui se propage.

Je relève la tête pour croiser son regard, m'assurer qu'il est d'accord. Continue, murmure Johnny, les yeux fermés. C'est trop bon, me dit-il en poussant son corps contre ma bouche et je l'embrasse doucement, partout, je passe mes lèvres sur la ligne de poils bruns de son ventre, j'embrasse l'intérieur de ses cuisses, ma bouche et ma langue se promènent sur sa taille, sur ses bras.

Mes doigts sur la peau qu'il a sur la bite et moi pas, le bout de son pénis qui luit d'un rose vif et chaud. Tu es tellement beau, chuchoté-je à Johnny, et je commence à trembler. On rallume l'eau, lui dis-je.

Alors dépêche-toi, souffle-t-il.

Je tends la main pour tourner le robinet et j'écoute le bruit de cascade qui emplit la salle de bains. Mon souffle chaud le recouvre tandis qu'il serre les poings et ferme les yeux, il bascule la tête en arrière et il pousse au-delà de ma langue, s'enfonce plus profondément dans ma gorge. Je sens jusqu'où il peut aller. Je garde les yeux ouverts. J'accélère, je descends et je remonte, ses genoux commencent à frémir, il a le souffle court et la voix tremblante – j'y suis presque, dit-il en m'attrapant les cheveux. Pas encore, dis-je, puis je le relâche et m'écarte pendant que le niveau de l'eau monte et ramollit nos doigts et nos orteils fripés.

Je lui propose de continuer.

Comment ça ?

Quand je me retourne, la baignoire déborde, une petite inondation qui se déverse sur le sol de la salle de bains et atteint la porte. Ma tête sous le robinet, le jet d'eau qui cascade sur ma nuque. Plaçant les mains à plat de chaque côté de la baignoire, je creuse le dos et je baisse la tête, mes fesses placées devant sa poitrine. Depuis si longtemps je rêve de savoir ce que ça ferait d'avoir Johnny en moi. Et cette fois-ci, c'est parce que je l'ai décidé.

Mais Johnny ne bouge pas et ne dit rien. Il reste assis au bord de la baignoire, son pénis redevenu mou. Je croyais que tu l'avais déjà fait, dis-je, en le regardant par-dessus mon épaule.

Pas ça, répond-il en détournant les yeux. Il sort de la baignoire et remet son maillot en me tournant le dos.

Viens, on retourne dehors.

Je relâche les bords et me laisse couler. *K*, me dit-il, et même si j'entends sa voix à travers l'eau, je ne ressors pas. Johnny me regarde encore un instant depuis le pas de la porte puis s'en va. La cascade qui se déverse du robinet se jette toujours dans la baignoire quand je ferme les yeux sous l'eau bleutée.

IV

NOTRE NOUVEAU MILLÉNAIRE

La voix de Bob Costas retentit dans notre salon six mois après le Nouvel An, le début de ce que tout le monde appelle le nouveau millénaire. C'est une soirée chaude et moite, nous sommes serrés tous les trois sur le sofa de Maman, scotchés à l'écran de notre vieille télé, Shaq et Kobe ne sont plus qu'à quelques minutes du titre, de leur première bague.

Jusqu'à la mi-temps, il n'y avait que Shawn et moi, hurlant dès que les Pacers avaient la balle, mais ça doit être ça qui a poussé Justin à nous rejoindre. Il s'est d'abord placé près du comptoir de la cuisine puis a attendu, appuyé contre le mur, jusqu'à ce que Shawn se colle à un accoudoir et me fasse signe de l'imiter. Nous lui avons ainsi laissé une place, notre frère s'est glissé entre nous et a pris part à nos encouragements tandis que je gardais les yeux rivés sur les moindres gestes des Lakers.

Et maintenant que l'on s'approche de la fin du match, nous devenons plus silencieux à chaque seconde qui passe. Mon maillot Kobe me colle à la peau et ressemble au sien, nous sommes trempés de sueur comme si nous jouions tous les deux les quarante-huit minutes du match décisif des Finales NBA. Nous sommes concentrés, la chaleur émane des murs de notre appartement, les gouttes de sueur de nos tempes.

Entendre une voix aussi différente de la nôtre, l'accent du Queens de Bob Costas, commenter le match le plus important dans la salle la plus grande confère une valeur encore plus immense au fait d'assister à cet événement avec mes frères, d'entendre le Staples Center gronder et s'enflammer dans notre salon.

Si près de la fin du dernier quart-temps, avec trois minutes au chrono seulement, le hack-a-Shaq débute. À chaque possession des Lakers, les Pacers font une faute, ce qui donne deux lancers francs à Shaq. Il y a de bonnes chances pour qu'il les rate.

Il s'approche de la ligne et je ne peux pas regarder ça. Ça fait mal de voir le « joueur le plus dominateur de la NBA » faire tourner le ballon entre ses mains et essayer d'ajuster son tir. Dans ses paumes, le Spalding a l'air aussi gros qu'une bille dans les miennes. L'envoyer dans le panier à quatre mètres et demi paraît impossible.

Shawn devient alors mes yeux, mais il refuse de me dire si Shaq a raté et quand je regarde à nouveau, je me rends compte que oui.

Je recommence à taper du pied et à chanter avec le public, nous hurlons tous les trois à tue-tête. Jalen Rose a la balle, il se faufile dans la raquette et tente un shoot au-dessus de la main ouverte de Shaq. Je retiens mon souffle. À un centimètre près, le ballon tombait dans le panier, mais il roule sur l'arceau et ressort.

Les Lakers remontent le terrain et là, sur le côté, Kobe réclame le ballon.

Je crie sur la télé. Mais filez-lui la balle !

Balancez-la à Shaq, hurle Shawn.

Tous les fans du Staples Center le sentent, c'est l'heure de gloire de Kobe – il n'a que vingt et un ans mais il a attendu ce moment toute sa vie. Lycéen, il a étudié tous les gestes de MJ, il s'est entraîné, il a répété et travaillé si dur pour devenir un champion, pour être le plus grand.

Un contre un, Kobe a isolé son défenseur à la tête de la raquette, il le jauge et l'endort, une brève hésitation avant de tirer et puis *BAM !* Bob Costas hurle et nous aussi, nous nous levons d'un bond tandis que Kobe danse vers le banc et lance à la foule, Je vous avais dit qu'il était pour moi.

Les Lakers ont six points d'avance et les Pacers demandent un temps mort.

Ils vont gagner, putain, crié-je tandis que la même pub Taco Bell passe en boucle.

On se fait des chalupas dans ce cas, dit Shawn en désignant la télé.

Justin court à la cuisine et revient avec trois glaces à l'eau. C'est mieux que rien, dit-il.

Le jus rouge me coule sur les genoux quand les Pacers prennent leur dernier tir, le chronomètre en bas à droite de l'écran indique 0.00.

Ce qui se produit alors, personne n'aurait pu le prédire, ni Shawn, ni Justin, ni Bob Costas et pas même Shaq.

Kobe saute dans les airs le poing levé. Puis, dès qu'il repère Shaq au milieu du terrain, il se jette au cou du géant, et Shaq le porte d'un bras et lève le doigt vers le ciel. C'est alors que je me fige. Je ne dis rien. Le sourire qui éclaire le visage de Kobe est plus puissant que toutes les lumières de la salle, que les confettis dorés qui pleuvent du plafond.

Le plus grand duo de la NBA, comme s'ils avaient répété ce geste, comme s'ils étaient faits pour ce moment. Kobe nous montre à tous ce que c'est d'avoir un grand frère sur lequel on peut compter, quelqu'un d'assez fort pour vous hisser devant le monde comme son nouveau champion, encore plus haut que dans vos rêves.

Shawn se tourne vers Justin et moi et, d'une voix soudain devenue sérieuse, dit qu'un jour ce sera notre tour à nous aussi. Notre frère nous promet que, comme Shaq et Kobe, nous arriverons tous les trois au sommet.

Au bout de la nuit, après avoir pris des chalupas de fête comme Shawn l'avait annoncé, je me retourne dans mes draps trempés de sueur et je demande à mon frère, dans un murmure, ce qu'il faut que l'on fasse maintenant que nous nous sommes promis que nos vies allaient être aussi importantes, aussi vraies que celles des Lakers.

Chaque fois que Justin quitte l'appartement, il disparaît pendant deux ou trois jours et revient en puant la beuh. Si Maman le croise, elle exige de savoir où il était et pourquoi il rentre aussi tard. Mon frère lui répond par un sourire et un haussement d'épaules qui lui rappellent qu'il a presque dix-huit ans.

Il ne part jamais sans son skate et son sac à dos contenant un déodorant, un maillot de bain et une tenue de rechange. Il roule jusqu'à l'autre bout de la vallée, il retrouve ses amis que je n'ai jamais rencontrés, il prend des bus et des trains dont je n'ai jamais entendu parler. Avec la ligne Rouge qui va jusqu'à Hollywood, il a découvert seul une grande partie de L.A., il s'est incrusté dans des concerts et des séances de ciné, dans des bars où on ne demande pas de pièce d'identité.

Et quand il rentre, selon son humeur, car avec Justin on ne peut jamais savoir, il me réveille parfois et me propose de me joindre à lui dans la cuisine tandis qu'il prépare son snack nocturne préféré, des quesadillas avec tellement de fromage que celui-ci ne fond plus. C'est comme ça que j'entends ses histoires sur les lieux où il est allé et les choses qu'il a vues, des conversations secrètes que je promets de garder pour moi.

Mais ce soir, je l'entends débarquer dans notre chambre après une fête du 4 Juillet qu'il attendait depuis des semaines, sans qu'il ait besoin de me secouer pour me réveiller. Il se déshabille dans le noir, la musique sur son Discman Sony est si forte que j'entends toutes les paroles – « Chop Suey » de System of a Down. Le chanteur est le seul musicien connu qui nous ressemble vaguement, c'est donc devenu son groupe préféré et *Toxicity*, le seul album qu'il possède, il peut l'écouter en boucle jusqu'au milieu de la nuit.

Il va dans la cuisine et je sors de mon lit en espérant que ce soit l'un de ces soirs où il veut bien que je reste avec lui.

Je le trouve devant le réfrigérateur, une boîte de cheddar dans une main, un paquet de tortillas dans l'autre. Il regarde dans le vide comme s'il avait oublié où il est, perdu dans la musique qui lui hurle dans les oreilles, et avant même qu'il me dise quoi que ce soit, je sais qu'il s'est passé quelque chose.

Quand il me remarque enfin, il crie, trop fort pour le milieu de la nuit, pour le silence de l'appartement, Je suis amoureux. Même les feux d'artifice se sont tus. Nos voisins dorment, épuisés d'avoir célébré l'indépendance américaine, une journée entière à boire, nager, manger et vomir.

Justin a les yeux qui brasillent et un si large sourire sur le visage que je le reconnais à peine. En l'écoutant me raconter où il était, ce qu'il a fait et comment il a passé son 4 Juillet, je comprends qu'il n'invente pas, que c'est un amour vrai, né au fil des derniers mois.

Il l'a rencontrée downtown, à une table isolée de la bibliothèque centrale de Los Angeles, qu'il rejoignait en train pour y passer ses après-midi. Elle avait une pile de bouquins de poésie, me dit-il, et elle est venue s'asseoir à ma table, la seule place de libre de toute l'allée. Dieu bénisse cette chaise vide, sourit mon frère.

C'est tellement romantique que c'en est gerbant, dis-je pour rigoler.

T'as vu ça ? Il rit à son tour.

Il me dit que quand il est avec elle, il ressent un bonheur qu'il pensait ne jamais connaître, et, contrairement à ce que feraient les autres gars, il n'entre pas dans les détails, il ne me dit pas qu'elle est super bonne ou qu'elle a un cul de ouf. Il ne me raconte pas ce qu'ils ont fait ensemble au lit. Il choisit ses mots avec soin, s'interrompant pour surveiller la cuisson de son fromage, il me dit que c'est comme s'il l'avait cherchée elle et personne d'autre pendant toute sa vie.

Son père est véto et il va lui trouver un boulot dans sa clinique de West Hills.

On sait aussi où on va habiter, me dit-il. On est allés visiter le week-end dernier. L'associé de son père rénove la dépendance chez lui. On aura une piscine et notre jardin à nous. Elle devrait être prête dans quelques mois, on pourra emménager.

J'ai envie de lui dire que ça semble trop beau pour être vrai, mais c'est parce que je suis jaloux de ce que mon frère va avoir, du futur qu'ils ont déjà imaginé ensemble, de leur vie d'adultes qu'il pourra vivre sans règles, comme il l'entend.

Et toi, frangin ? me demande Justin. Du nouveau ?

La formation pour le boulot a lieu une semaine plus tard dans un immeuble coincé au fond d'un parking délaissé comme il y en a tant à Canoga Park et qui, depuis la rue, semble abandonné. Le bureau d'à côté est couvert de tonnes d'affiches qui proposent des conseils juridiques, des assurances-chômage ou des leçons de conduite, mais il est complètement désert.

Nous nous retrouvons à quatorze dans une petite pièce équipée de longs néons blancs et d'une clim qui nous fait grelotter, et dès le début la dame des RH renvoie un tas de personnes tout juste recrutées à cause de tatouages impossibles à cacher sur les poignets et les doigts et de pièces justificatives qu'elles ne sont pas en mesure de fournir.

Nous ne sommes plus que six au moment où la formation démarre réellement.

Quand je lui tends ma carte de Sécurité sociale, elle se déride enfin. Elle agrafe une photocopie de celle-ci à mon dossier, regarde autour d'elle et marmonne que c'est rafraîchissant d'embaucher autre chose qu'un sans-papiers pour une fois.

Elle ne dit rien au sujet de mon âge. J'ai menti quand j'ai candidaté, supposant que j'avais plus de chances d'être pris si je disais que j'avais dix-huit ans. J'étais prêt à tout pour commencer à gagner de l'argent comme Shawn, qui peut se payer des fringues Sean John. Il a même réussi à s'acheter une caisse d'occasion pourrave avec ce qu'il gagne en vendant des chaussures de basket à plein temps chez Champ's, où il a été promu assistant manager.

Quand je soumets à nouveau un formulaire W4 mal rempli – mes erreurs barrées comme si ça pouvait les faire disparaître –, je vois sur le visage de la dame des RH qu'elle a envie de m'en coller une. Ses joues restent rouges durant tout le reste de la session, ce qui rend encore plus difficile pour les cinq autres et pour moi de ne pas rire quand elle m'engueule et me dit que c'est ma dernière chance, et que je ne serai pas embauché si je ne suis pas capable de remplir un formulaire correctement.

Allez au bout du couloir à droite, dit-elle. Quand vous avez fini la vidéo sur le harcèlement sexuel, faites le quiz.

On nous emmène ensuite rencontrer le manager, Daryl, qui a un bureau à l'intérieur du McDonald's. Il m'a inscrit pour trois services consécutifs, à partir de demain, en observation et en formation sur trois postes : au McDrive, à la friteuse et en caisse.

J'arrive en avance le premier jour pour faire bonne impression à Daryl. Je porte déjà mon uniforme, tout pour éviter le vestiaire sombre et humide où l'odeur de patate et de sueur s'est incrustée pour toujours dans la moisissure entre les carreaux des murs. Non merci, lui ai-je dit quand il m'a proposé un casier, tout en essuyant la graisse qui s'était déposée sur ma peau et infiltrée dans mes pores au bout de quelques minutes de visite des cuisines. J'ai pris soin de ne pas montrer comme j'étais écœuré quand j'ai vu l'un des cuisiniers ouvrir un tiroir au-dessus de l'énorme plaque en fonte, où étaient stockées des rangées de petits steaks hachés déjà cuits. À quoi je m'attendais – c'est pour ça qu'on appelle ça un fast-food, on attrape les steaks déjà prêts à servir.

Mes chaussures en cuir antidérapantes sont soigneusement cirées et ma chemise, que Maman m'a aidé à repasser, est rentrée dans mon pantalon deux tailles trop petit. Avec le bas qui remonte au-dessus de mes chevilles, on voit les chaussettes blanches que j'ai mises pour le premier jour, si bien que mon collègue Brian se fout de moi quand je me pointe pour mon premier service.

Personne ne m'avait prévenu que j'étais en binôme avec le Roi de la Pop aujourd'hui, dit-il en me mettant une claque dans le dos.

Les autres équipiers et moi ne disons rien, personne n'a compris la blague et le sourire de Brian s'efface.

Mets des chaussettes noires demain, OK ?

Je hoche la tête.

Bien. Il sourit et m'envoie une petite bourrade dans la poitrine. Bienvenue chez McDo, petit.

Après huit heures debout à prendre les commandes du Drive, j'ai les jambes en compote et la tête comme un compteur à cause des tintements qui résonnent dans mon casque depuis les premières heures du matin. Mais je sais que si je rentre maintenant, je vais m'affaler sur le canapé et je le regretterai ensuite, quand je tournerai dans mon lit sans réussir à m'endormir. Au moins, en retrouvant mon frère et ses copains au terrain, je pourrai me défouler et transpirer l'épaisse huile de friture qui a pénétré la peau de mon front et de mes joues.

Quand j'arrive sur le parking derrière l'église de Topanga, Shawn et deux gars sont en train de finir un match en 21 et je vois alors que mon frère n'avait pas exagéré. Il met les défenseurs sur les talons, s'élève dans les airs et le ballon semble transpercer le filet quand il marque. C'est comme de l'eau, dit-il. C'est lui le meilleur sur le terrain et s'il n'était pas si petit, il aurait vraiment eu une chance de jouer en universitaire, voire de devenir pro à l'étranger.

On fait deux heures de deux-contre-deux, Shawn et moi on fait cavaler ses potes – pick-and-roll, give-and-go, on met du mouvement dès qu'on a le ballon. Mon frère marque la plupart des points tandis que je me charge de la défense, je plonge même sur le bitume pour gratter un ballon et je m'écorche les genoux et les coudes. Andre et Mark me félicitent pour ma niaque tandis que Shawn continue de les brancher et de scorer, on se fait des high five à chaque panier. Au bout de quatre défaites d'affilée, les vieux jettent l'éponge.

On commençait juste à se marrer, dit mon frère à ses copains qui vident un Gatorade chacun, appuyés contre le grillage, à bout de souffle.

Je dois rentrer me glacer les genoux, s'excuse Mark en exagérant, ou pas, son boitement quand il sort du terrain.

On se voit la semaine prochaine ? lance-t-il avant de monter dans sa voiture.

À ton avis ? répond Shawn.

Andre traîne un peu, le temps de reprendre son souffle. Il détache ses lacets et se masse les chevilles en nous regardant faire quelques paniers de plus. On est encore chauds après nos quatre victoires.

Ton frère avait dit que t'aimais le jeu, me dit Andre, mais il ne nous avait pas prévenus que t'avais autant la dalle.

Je ne pouvais pas prendre un ballon sans t'avoir sur le râble, sourit-il en secouant la tête avant de se relever, tandis que Shawn repart dans des allers et retours ballon en main, comme s'il n'avait pas prouvé ce qu'il valait.

Je peux te dire que quand j'avais l'âge de ton frère, j'avais encore plus d'énergie que lui, dit Andre. Je n'étais pas le meilleur mais je me défendais.

Tu étais à UCLA ? lui demandé-je. C'est la première fois que je rencontre quelqu'un de la vallée qui soit allé dans une fac aussi prestigieuse. Tout ce qui se trouve de l'autre côté de la colline de Westwood est une ville étrangère au Los Angeles que je connais.

Eh ouais. Il hoche la tête et va ouvrir le coffre de sa Benz argentée dans lequel il balance son ballon et ses fringues trempées de sueur, puis il enfile un débardeur propre et revient sur le terrain.

Il me regarde de ses yeux sombres et doux. Cette dalle que tu as, me dit-il, surtout ne la perds pas.

Est-ce que ça se passe chaque fois comme ça, quand mon frère va jouer au basket, balancer des vannes et transpirer ? Il passe du temps avec ses potes plus âgés qui lui parlent d'un passé qui ne semble pas si lointain, quoi qu'en dise Andre. Il est mince et musclé, ses souvenirs de quand il était jeune et qu'il jouait du synthé dans des clubs remontent de quelque part au fond de lui et j'ai vu tant d'autres adultes étouffer ça. Ils décrivent leurs rêves inachevés comme des fantasmes, pour les rendre moins douloureux j'imagine, pour que leurs regrets soient moins réels. Car je suis certain qu'au bout d'un moment ça devient lourd de trimballer cette dalle partout avec soi.

Pourtant Andre ne dit pas que c'était naïf d'avoir un rêve. La musique était mon premier amour, elle le restera toujours. Et quand je lui demande comment moi, je peux trouver ça, craignant de ne jamais y arriver, il reste silencieux et passe la main sur son bouc soigneusement taillé.

De ce que j'ai vu, je crois qu'il faut que tu sois patient, dit-il enfin. Parce que si t'es trop dur avec toi-même, tu vas rater le truc qui est juste sous tes yeux, me dit-il, la lueur se rallumant dans son regard.

Et peut-être que Shawn me traiterait de dingue, mais alors qu'Andre continue de s'ouvrir, je sens la version plus jeune de lui-même flotter autour de nous et me conseiller d'écouter attentivement. Me dire que je n'ai pas à renoncer à ma jeunesse, que la lueur qui se déverse de son regard… je l'ai aussi, je peux la garder, si je fais attention, quel que soit mon âge…

Tu racontes encore tes histoires de piano ? sourit Shawn en balançant le ballon dans la poitrine d'Andre, qui le lui renvoie aussi sec.

Andre se tourne vers moi. Ça a toujours été une tête de con, ton frère ?

Plus ou moins, ouais.

Ça m'a fait plaisir que tu viennes jouer. J'étais content de te rencontrer.

Après une poignée de main et une brève accolade, Shawn et lui se mettent d'accord pour aller déjeuner demain à Woodland Hills, près du bureau d'Andre.

Je le regarde partir dans sa Benz, en imaginant comme ça doit être bon de conduire une caisse comme ça, de bombarder sur Topanga et d'avoir l'avenue à soi.

Sérieux, dis-je à Shawn quand on repart vers la maison, tu fais pas ton truc de dribble à la con aujourd'hui, je suis crevé.

Hé, mais détends-toi, t'as oublié qu'on était invaincus ou quoi ?

Certains d'entre nous ont aussi dû aller bosser.

On dirait bien qu'Andre t'a donné de bons conseils, dit mon frère. Mais maintenant t'as l'air complètement déprimé, plaisante-t-il en me donnant un petit coup d'épaule.

Je l'aime vraiment bien, dis-je à Shawn. Je pense que c'est le pote le plus sympa que tu aies.

Shawn acquiesce. Il va me trouver un boulot dans sa boîte d'immobilier – il te l'a dit ?

Je secoue la tête.

Je commencerai comme assistant mais Andre dit qu'une fois que j'aurai ma licence, je vais palper grave. On dirait bien que toutes ces années de basket vont finir par payer.

Ouais. Je hoche la tête. Tu as peut-être raison. Je ne dis plus rien sur tout le trajet jusqu'à la maison, où je me désinfecte le genou puis, assis dans la baignoire, je fais couler l'eau chaude sur mon visage. Une fois séché, je crois que je vais m'écrouler de fatigue dès que je serai allongé, mais je ressasse dans mon lit.

Je réfléchis à qui je devrais être, par où je devrais commencer.

Ce que tu as sous les yeux, a dit Andre. C'est le genre de formule creuse que les profs et les conseillers d'orientation adorent sortir, mais venant de lui et reflétée dans son regard, elle ne disait plus la même chose. Alors j'essaie, fixant le plafond, les yeux brûlants de larmes. *Montrez-moi ce que j'ai sous les yeux*, répété-je, comme une prière.

Nous grimpons dans les montagnes drapées d'une couverture neigeuse, sur des routes sinueuses que je n'ai jamais empruntées. Le père de Johnny est au volant, il est venu du Texas pour le voir et il a tenu sa promesse.

Snowboard et dîners au coin du feu. Tout ce qui peut vous faire plaisir, les garçons, dit son père en nous regardant Christian et moi dans le rétroviseur. Nous sommes entassés tous les quatre dans la Suburban que Cynthia nous prête pour le week-end, l'odeur de l'haleine au whisky du père de Johnny remplit tout l'habitacle.

De la musique que nous n'avons jamais entendue sort des haut-parleurs, des CD qu'il a rapportés de Houston, et je le regarde tout donner sur la chanson. Il s'époumone, les yeux rougis et remplis de larmes, par-dessus le piano et la belle voix grave du chanteur, dont il dit qu'il s'appelle Withers – le père de Johnny ne rate pas la moindre mesure, comme s'il avait répété pour ce moment précis. Il se retourne vers Johnny et, la voix brisée par l'émotion, lui rappelle que s'il a des difficultés, il peut toujours l'appeler. Il garde une main sur le volant et pose l'autre sur son épaule. Tu n'as qu'à m'appeler, frangin, répète-t-il inlassablement mais en souriant maintenant. Je fais semblant de connaître la chanson, je balance la tête en rythme et je bats la mesure sur mon genou dans l'attente de l'inévitable.

Ce que j'attends, c'est que le père de Johnny s'évapore. Parce que rien de tout cela n'est réel, c'est impossible. Nous écoutons une chanson que ni Christian, ni Johnny, ni moi n'écouterions jamais. Mais je vois bien que Johnny est content de l'entendre. L'espace d'un instant, il peut faire comme s'il avait un père sur lequel compter, bien que nous sachions tous les trois que ce n'est pas vrai. Le père de Johnny vient une fois par an, et encore, et il ne sait rien de tout ce que vit son fils.

Mais plus nous approchons du sommet, et du chalet qui nous attend, plus cette fin d'après-midi et ce soleil couchant deviennent réels. Le père de Johnny ne s'arrête pas de chanter, il ne disparaît pas. Attendez un peu de voir ça, les mecs, il n'y a rien de tel que de descendre des pistes dans la poudreuse.

Et pendant qu'il continue de tapoter le volant en rythme, Johnny ne dit pas un mot. Ce n'est pas la peine. Il hoche simplement la tête, les yeux fixés sur la route, comme son père, uni à lui par un lien spécial qu'ils ont curieusement réussi à construire au fil des années. Il jette régulièrement un coup d'œil vers lui, comme si Johnny était un membre de son groupe, quelqu'un d'encore plus talentueux que lui. Comme s'ils avaient déjà joué ensemble et qu'ils avaient toute une série de concerts spéciaux devant eux. C'est plus profond qu'une simple relation père-fils, un lien dont mes frères et moi ignorons tout.

J'entends la porte du chalet grincer puis se refermer doucement. Je me retourne, le réveil aux chiffres rouges indique 3:13. Christian est endormi à côté de moi dans le canapé dépliant, et le lit simple de Johnny est vide. Son père a fini par sombrer et ronfle sur l'autre canapé.

J'ai mal au cou, aux genoux et aux chevilles après cette première journée de snow. À force de tomber la tête la première, j'ai fini par avoir les oreilles et les narines remplies de neige. J'ai essayé de suivre Johnny. C'était sa première fois à lui aussi et il a été parfait, il n'a pas chuté une seule fois. Ça aide de skater, m'a-t-il dit en haut de la piste, vêtu d'une chemise à carreaux déboutonnée par-dessus son maillot des Astros. Quand le soleil a disparu et que la neige a commencé à tomber – exactement comme l'avait promis son père –, on aurait dit qu'il avait des ailes à cause du vent qui soulevait les pans de sa chemise, tandis que je tentais péniblement de rester dans son sillage. Je ne savais pas ralentir, si bien que chaque fois que je prenais de la vitesse, je me laissais rapidement tomber – je n'avais pas non plus anticipé combien ça me ferait mal aux mains de ne pas porter de gants. Je les plongeais dans la neige chaque fois que je tombais et elles sont restées violettes et engourdies pendant tout le reste de la journée. Le moindre petit geste me fait maintenant un mal de chien, j'ai des courbatures dans les cuisses et la nuque raide comme du béton.

Je me retourne pour essayer de me rendormir, je reste sous les draps pour détendre mes muscles – je n'y arrive pas.

Les ressorts du matelas grincent quand je me redresse et j'attends donc quelques instants pour m'assurer que je ne vais pas réveiller le père de Johnny. Sa grosse doudoune sèche sur la chaise à côté de lui. Je la lui emprunte et je sors en short de basket et après-skis.

Je vois la silhouette de Johnny, la tête basculée en arrière, assis sur une balançoire de la petite aire de jeux en contrebas du chalet, de la buée sort de sa bouche. Il se tourne vers moi quand j'approche, mes pas crissant sur la neige.

Je lui demande si ça va.

Il a les joues et le nez rouge vif et de la morve gelée au-dessus de la lèvre. Il a pleuré et il a encore les yeux pleins de larmes.

Cet *enculé*, dit-il en montrant le chalet du doigt.

C'est ce qu'il t'a dit sur le trajet, que tu peux l'appeler plus souvent ?

Johnny acquiesce. Je devais le supplier de venir et maintenant il me sort ses conneries comme quoi il faut que je l'appelle si jamais j'ai besoin de lui, dit-il en retenant ses larmes. Comme si une chanson pouvait effacer tout le passé, comme si je n'avais pas eu besoin de lui pendant tout ce temps. Il essuie la morve sur son visage.

Tu sais ce qu'il m'a dit quand on était sur le télésiège ? me demande-t-il en se détournant.

Il a une autre famille à Houston. Deux fils plus âgés que moi. Tous les ans, c'était la faute du boulot – *Je suis débordé, Johnny, débordé* –, toujours le même mensonge à la con, dès que je lui disais que j'avais envie de le voir.

Il a même pas eu les couilles de me le dire sobre. Il tète sa flasque depuis qu'on est partis de la vallée comme si c'était un nibard. Johnny pousse le sol du bout du pied, il se penche en arrière le plus loin possible en tanguant un peu, et il ferme les yeux.

Comment ça se fait que ta mère ne t'ait jamais rien dit ?

Il secoue la tête.

Il m'a dit que ça lui briserait le cœur si je lui répétais, donc non, elle n'en sait rien et ce n'est pas moi qui vais lui en parler.

Apparemment, il a attendu *que je sois un homme* pour me l'annoncer, poursuit Johnny en s'allumant une cigarette.

Je lui raconte que mon père me répétait la même chose. Comme si c'était un truc spécial. Et il le savait bien, quand il me voyait sourire, combien j'adorais l'entendre dire que j'étais en train de devenir un homme à mon tour.

Et maintenant je n'arrête pas de me demander à quoi ça sert, parce que j'y suis et je n'ai aucune idée de ce que je suis censé foutre, dis-je.

Je regarde mon corps, Baba ne reconnaîtrait probablement plus le petit garçon qui a quitté l'Iran il y a six ans. Je commence à dépasser le mètre quatre-vingts et j'ai pris des épaules. Maman dit que ma taille vient de son père à elle. Mon Baba-jan était si grand qu'il devait baisser la tête quand il entrait dans la minuscule mosquée du quartier. Et même la pomme d'Adam que j'avais toujours voulue… elle est apparue dans ma gorge et rend ma voix profonde et rauque.

Johnny arrête de se balancer, se redresse et me regarde.

Tu as eu de ses nouvelles ? demande-t-il.

Je secoue la tête.

Il ne te reconnaîtrait sans doute plus, dit-il, un petit sourire sur les lèvres.

Bah si, quand même, dis-je en tendant la main pour qu'il me passe la fin de sa cigarette. Mais il n'aimerait sûrement pas ce qu'il verrait.

Tant pis pour lui, conclut Johnny en basculant à nouveau en arrière pour regarder les étoiles qui scintillent au-dessus de nous.

C'est le début de l'été et je suis affecté au McDrive par une longue journée chargée. Des gamins engouffrent leur Happy Meal puis partent en courant dans le Playland, des vomis que je dois aider à nettoyer se multiplient dans la piscine à balles et les tunnels en plastique.

Daryl m'a demandé de faire des heures supplémentaires et j'ai accepté, même si je devais normalement rejoindre Johnny et Shawn à la piscine près de la maison pendant que Cynthia ferait cuire les steaks hachés et les saucisses au barbecue.

Il fait chaud dans la petite salle exiguë où tout le monde s'agite et je n'ai pas le droit de m'asseoir ne serait-ce qu'un instant.

Pas le droit de s'appuyer contre le mur non plus, ça ne donne pas une bonne image, dit Daryl, qui, assis à son bureau, fait la caisse, remplit des feuilles de calcul et passe des appels au siège.

Les clients arrivent, une voiture après l'autre, j'entends un tintement dans mon casque chaque fois qu'ils s'arrêtent à hauteur du menu du drive-in.

Les commandes ne varient pas beaucoup. Des grands Coca et des Big Mac, des Happy Meal et des nuggets, même si de temps en temps quelqu'un se souvient qu'on vend des chaussons aux pommes ou bien commande un sundae caramel à emporter en plus d'une formule deux-en-un. Je me dis qu'il faudra que je prenne ça la prochaine fois.

Une cliente qui veut prendre une boîte de vingt nuggets commence par me faire savoir qu'elle a entendu dire que ce n'était pas du vrai poulet dedans. Je lui réponds que je n'ai pas d'informations là-dessus et elle confirme sa commande, avec une sauce barbecue et une sauce ranch supplémentaire.

Le temps avance au ralenti et semble même parfois reculer. J'ai l'impression que trente minutes se sont écoulées quand trois seulement ont passé, et puis un autre client arrive, un nouveau tintement retentit dans mon casque.

Je fais comme Daryl m'a demandé et je balaye la salle à chaque rare accalmie. Il n'est pas tout le temps sur mon dos et c'est ce que j'apprécie chez lui. Il me laisse une marge de manœuvre mais il vient m'aider chaque fois que j'ai besoin d'un coup de main.

C'est lui qui m'a appris à balayer.

J'avais commencé par lui dire que ça semblait assez simple, que tout le monde savait balayer. Mais en fait non. C'est tout un art, aime dire Daryl.

D'abord, tu prends le balai, m'a-t-il montré en faisant toute la salle d'un coup. C'est ensuite que tu sors la pelle, une fois que tu as ton tas.

Un tintement dans mon casque, un nouveau client.

J'enclenche mon micro. Bienvenue chez McDonald's.

On va prendre vingt-deux Big Mac, crie une voix.

J'entends des rires derrière et au bout d'un moment je finis par reconnaître celui de Johnny.

C'est maintenant Cynthia qui parle. Salut, mon chéri, dit-elle. On est juste venus te dire bonjour et prendre des glaces.

Je passe la tête par la fenêtre et je la vois dans sa Suburban argentée, Johnny à côté d'elle et Shawn à l'arrière, qui me fait coucou.

Quand ils s'arrêtent à hauteur de la fenêtre, je prends soin de redresser ma casquette. Je me tiens un peu plus droit et je prends une voix plus grave. J'applique les enseignements de Daryl. Comment être professionnel et poli, comment laisser une bonne impression.

Regarde-toi, me dit Cynthia en me tendant l'argent pour les glaces. Un vrai adulte.

Je rougis et Johnny détourne le regard, il a la même expression gênée que dans la baignoire.

Je leur dis que je les retrouverai après mon service et quand Cynthia s'en va, j'essaie d'expliquer à Daryl qui c'était mais il sourit et hoche la tête, appuyé contre le dossier de son fauteuil en cuir, les mains jointes derrière la nuque.

Tout ça, là, me dit-il, les sourcils relevés, en désignant la pièce mais aussi l'extérieur du resto, un jour, ça sera du passé pour toi. Il se redresse. Mais tu le sais déjà, non ?

Je suis sur le point d'enfoncer les mains dans mes poches alors même que Daryl m'a dit plein de fois que ce n'était pas professionnel et je me retiens juste à temps. Je hausse les épaules, les bras le long du corps, et lui demande ce qu'il veut dire.

Ça fait quatorze ans que je travaille ici et on embauche tout le temps des jeunes comme toi, on leur donne une semaine, parfois deux, avant de disparaître sans un coup de fil, rien. Ils préfèrent dormir sur le canapé de leur mère plutôt que de travailler. Il a un petit rire et secoue la tête. Mais toi, dit-il, tu as vite compris et tu es resté avec nous. Et avec cet état d'esprit, tu iras loin.

On nous demande de garder la main sur le cœur, pour plusieurs minutes de silence, de prier pour les Américains que nous avons perdus. Les rumeurs disent qu'à New York, on sent l'odeur de la chair brûlée de ceux qui ont péri dans les flammes, des corps disparus piégés dans l'air de la ville.

Nous sommes rassemblés dans l'auditorium du lycée, où le proviseur nous parle des attentats d'une voix râpeuse et tendue. Il a l'air perdu sur la scène, comme s'il avait oublié ce qu'il voulait dire ensuite. De sa grosse main tremblante, il essuie lentement les larmes qui coulent sur ses bajoues. L'espace d'un instant, il reste silencieux, tête baissée.

Relevant son visage avec précaution pour s'adresser à nous, il plante son regard dans le drapeau et dit que c'est normal d'être en colère, d'être triste ; c'est normal de sentir que la haine contre les coupables nous fait bouillir le sang. Ce que ça veut dire, explique Mr. Huffman, c'est que nous sommes profondément américains, de vrais Américains. Il nous rappelle la chance que nous avons de faire partie de cette grande et puissante nation.

Assis entre Steven et Danny, deux copains de ma classe, je prends un moment pour regarder à droite et à gauche – comme je le faisais à la mosquée avec Baba à la fin du namaz, quand on murmurait des bénédictions à nos voisins, nos doux vœux de paix –, scrutant cette fois les visages des élèves de mon lycée pour savoir à quoi ça ressemble, un vrai Américain.

Parce que même si je m'efforce de faire profil bas, comme on nous l'a conseillé, je prends les choses différemment de notre proviseur. Je ne pleure pas et je n'ai pas peur, assis là, sur ma chaise en bois. Mr. Huffman dit que le prix à payer sera lourd, les larmes ne cessent de couler sur son visage rose et gonflé… Après tout, nous avons l'armée la plus puissante au monde, rappelle-t-il.

Il n'est pas tout seul, cela dit. Les profs, les conseillers et les élèves ont l'air choqués, effrayés – même les mecs les plus durs essuient des larmes, le visage fermé. Alors que tout le monde est saisi par la terreur qui gagne notre pays, que tous sont effrayés parce qu'ils ne savent pas si nous sommes en sécurité, si Al-Qaïda prépare un autre attentat, peut-être à Los Angeles, je repense au jour où j'ai été conduit à LAX avec mes frères et forcé de monter dans un avion. Je ne savais pas où on allait atterrir ou si même on arriverait quelque part, j'avais l'impression qu'on allait se crasher dans l'océan, que Maman ne nous retrouverait jamais, que je ne reverrais jamais ma maison. Seulement, quand Justin, Shawn et moi sommes rentrés, l'Amérique ne nous a pas accordé une minute de silence, ne nous a pas demandé ce qui nous était arrivé. Avant l'Iran, Justin se réveillait toujours le premier, un petit sourire aux lèvres, prêt pour l'école, un exemple que je pouvais suivre et que je n'ai plus. Et même si on vit ensemble, j'ai l'impression qu'on m'a enlevé mon frère il y a des années, qu'on l'a transformé en une autre personne, qu'il a été brisé en petits morceaux et que malgré tous les livres qu'il a lus, il n'a pas réussi à se réassembler.

Alors que mes copains se penchent et parlent à voix haute de toutes les saloperies qu'ils ont prévues et de comment ils vont se venger, je ne peux m'empêcher d'y repenser.

Ce n'est qu'à la fin de la journée que je comprends que Steven et Danny nous voient, moi et quiconque me ressemble, les filles et les fils d'immigrés, les musulmans, comme les responsables de ce nouveau deuil national, comme ceux qui ont détourné les avions et les ont envoyés s'écraser dans les tours.

Sur le chemin du travail, je m'arrête quelques instants devant la mosquée où nous emmenait Baba – je me tiens à l'entrée du parking où il nous arrêtait pour nous prodiguer une leçon sur la bonne façon de vivre notre vie – et je vois que les mots *Nègres des sables* ont été tagués en grosses lettres rouges sur le mur à côté d'un *Cassez-vous*. Depuis l'école primaire, quand j'écoute chaque matin le proviseur réciter le serment d'allégeance dans les haut-parleurs, je prends soin de ne pas être avachi et de suivre avec mes camarades de classe, de réciter ces mots chargés de me rendre fier de la nation à laquelle j'appartiens, de cette terre dont on nous dit qu'elle nous appartient à tous, *One nation under God* – je n'ai jamais vu ou considéré l'Amérique comme autre chose qu'une grande et belle maison, notre maison.

C'est mon frère qui me montre ce que ça fait d'avoir le cœur brisé. Ça fait quinze jours qu'il n'est pas sorti de l'appartement, pas depuis que sa copine l'a largué, juste après le Nouvel An, une semaine avant leur emménagement. Il a démissionné parce qu'il ne supportait pas de passer du temps avec le père de Vanessa en sachant qu'il ne pouvait pas être avec elle, et hier matin je l'ai vu éclater son skate en deux. C'est une perte de temps, m'a-t-il expliqué, mais pour lui, tout est devenu une perte de temps. Il ne lit plus, il a bazardé ses livres, même le *Siddhartha* de Maman, le roman le plus important qu'il ait jamais lu, et dont il dit maintenant que c'est de la merde.

Justin reste au lit jusqu'à ce qu'il fasse nuit, la couverture tirée sur son visage, comme s'il se réfugiait à l'abri du monde. Maman a essayé de le faire sortir, elle lui a même proposé de le conduire jusqu'à la bibliothèque qu'il adore, à l'autre bout de la ville, quand elle était de repos. Shawn a tenté de l'aider lui aussi. Il a dit qu'il pouvait le faire embaucher chez Champ's. Mais rien ne marche, notre frère dit que ça ne l'intéresse pas.

Ce n'est que tard dans la nuit qu'il donne quelques signes de vie. Je l'entends pleurer dans son matelas et je vais alors à la cuisine lui préparer son plat préféré, car ces jours-ci il se nourrit à peine.

Des quesadillas avec trop de fromage et ce soir, en supplément, j'ai ajouté une cuillerée du torshi de Maman. Il n'y avait que Justin qui mangeait les pickles de légumes qu'elle préparait en quantités industrielles. Et il aimait ça en plus, il attaquait les bocaux à la cuillère.

Je lui apporte l'assiette au lit et il se redresse en calant un oreiller dans son dos, comme un malade à l'hôpital. Je lui dis qu'on peut discuter pendant qu'il mange, s'il veut.

Tu es devenu un sacré cordon-bleu, me dit-il avec un sourire sans joie, en mordillant le bord d'un nacho brûlé.

Des quesadillas avec le torshi de Maman… Je n'arrive pas à croire que je n'y ai pas pensé tout seul, dit-il. Une fois qu'il a fini, je pose l'assiette sur mes genoux et je l'écoute. Il me raconte combien c'était spécial, la fois où Vanessa et lui sont allés camper pour son anniversaire et où ils sont restés serrés dans les bras l'un de l'autre près du feu de camp.

C'est la nuit où j'ai perdu ma virginité, me dit Justin, les yeux pleins de larmes.

C'était comment ?

Le nirvana, souffle-t-il en relevant les yeux vers moi. Le putain de nirvana. Et je ne ressentirai plus jamais ça, si ?

J'ai envie de lui dire que ce n'est pas vrai, mais vu comme il souffre à cet instant, il ne me croirait pas.

Je parie qu'elle pense la même chose de toi, dis-je à Justin, ces sentiments, ils ne disparaissent pas du jour au lendemain.

Elle a peut-être eu peur parce que votre relation allait trop vite.

C'était peut-être la première fois qu'elle tombait amoureuse elle aussi, ajouté-je.

Ouais, chuchote-t-il en se redressant. Ouais, je crois que tu as raison – il faut juste que je lui laisse du temps.

Puis, s'extirpant un instant de sa tristesse, il se tourne vers moi – il a maintenant son regard décidé et vif, celui que je lui connais. Tu sais que tu peux toujours me demander des capotes, hein ? Tu n'as pas besoin de me raconter quoi que ce soit si tu es mal à l'aise, me dit Justin. Je veux juste être sûr que mon frangin se protège.

J'évite son regard et je sens mon visage et mon cou qui me brûlent. C'est gentil, dis-je à mon frère, qui est le premier membre de ma famille à me parler de ma sexualité. Peut-être qu'il connaît mes sentiments pour Johnny. Peut-être que ça ne le dérange pas, Justin, que je sois comme ça.

Et j'espère que tu sais que ça ne ressemble pas à ce qu'on nous a montré dans le porno, dit-il. C'est de la merde, ça, c'est ce qu'on sert aux gens pour qu'ils ferment leur gueule, pour nous faire croire que le corps, c'est juste fait pour baiser.

Le sexe en vrai ça ne ressemble pas du tout à ça.

C'est comment alors ? lui demandé-je, tout aussi étonné que lui par ma question.

Il pousse un profond soupir.

C'est la question à un million, ça.

Alors, commence-t-il avant de s'interrompre pour réfléchir, les yeux rivés vers le plafond de la chambre.

Quand on faisait l'amour, avec Vanessa, je voulais lui montrer la profondeur de mes sentiments, quelque chose que les mots ne peuvent pas vraiment exprimer.

Essaie quand même, lui dis-je.

Tu ne lâches pas l'affaire, toi. Il rigole puis soupire à nouveau.

On adorait explorer le corps de l'autre, dit-il. Voir ce qui donnait du plaisir, ce qui ne marchait pas, apprendre de nouvelles choses sur l'autre.

Il faut que ça soit marrant, pas un truc que tu forces. Mais quoi qu'il arrive, dit Justin en me regardant droit dans les yeux, qui que tu choisisses, il faut que tu montres à la personne que tu tiens à elle, que tu la respectes.

Que tu la respectes pour *tout* ce qu'elle est, ajoute-t-il, et ça va dans les deux sens.

J'acquiesce, j'ai envie que mon frère m'en dise plus pour que je puisse m'ouvrir à lui. Mais il se lève de son lit et me dit qu'il n'a plus la moindre énergie pour ce soir.

Elle est passée où ta boucle d'oreille au fait ? Je trouvais que ça t'allait bien.

C'est vrai ? Je l'ai balancée dans le Wash après la rupture, mais peut-être que j'en achèterai une autre.

Une fois sorti de la chambre pour aller reposer son assiette dans la cuisine, il me crie, comme chaque fois, que c'étaient mes meilleures quesadillas, ce qui me fait toujours sourire.

Et c'est comme ça que je passe mes vacances d'hiver de la terminale, je reste debout avec Justin jusqu'à ce que le soleil apparaisse dans le ciel, même quand je dois être à

7 heures au McDo pour le service du petit déj. J'écoute les histoires de ce cœur brisé, tout ce qu'il a traversé. Car même s'il souffre, beaucoup, il n'y a que Justin qui soit prêt à me montrer à quoi ça ressemble d'aimer.

En chemin pour la soirée de Christian, Johnny et moi restons sur le chemin pavé et éclairé, évitant les parties de Lanark Park dont on a appris à se méfier. Au fond du vallon au centre du parc, on voit une vive lueur rouge cerise, des mains invisibles qui font tourner un joint. Des demi-ombres traînent près des bancs, l'odeur de la beuh monte vers nous. On n'a qu'à couper par le milieu, propose Johnny, contrevenant à sa propre règle qui consiste à toujours faire le tour, mais j'ai confiance en lui et présume qu'il sait ce qu'il fait. On traverse le terrain de base-ball, on passe à côté de la piscine abandonnée et des terrains de basket eux aussi oubliés. Arceaux sans filet, panneaux complètement tagués et asphalte troué : je comprends pourquoi Shawn n'est pas revenu faire des tirs en extension depuis sa première fois ici, quand on était gamins, pourquoi il va plutôt à l'église quand il veut s'entraîner.

On ressort de Lanark et la maison est juste là, de l'autre côté du parc, et avant même d'être dans l'allée, on entend la musique qui retentit et flotte jusqu'à nous. Ça ne prend pas longtemps de reconnaître le beat, c'est un titre de l'album de Dre, *2001*, le seul CD que Christian écoute depuis sa sortie. Avec la voix élastique et relâchée de Snoop en featuring, on ne peut pas se tromper.

À l'intérieur, il y a d'autres visages que je ne reconnais pas dans l'ombre, des corps chauds et suants qui se pressent dans le salon moite. La plupart des invités sont plus vieux que Johnny, quelques-uns ont l'air d'avoir mon âge et d'être eux aussi en terminale. Quand Christian nous remarque près de la porte, il se met à crier par-dessus la musique.

Eh bah qui voilà, lance-t-il, un joint dans une main, une bouteille de Jameson dans l'autre. Il titube et se cogne contre une console. Johnny rattrape la lampe avant qu'elle tombe. Christian se jette entre nous et me souffle son haleine aigre à la figure.

Il serait temps que tu t'y mettes, me dit-il à l'oreille en montrant dans un coin un groupe de filles assises dans un canapé, qui rient en se passant une cigarette. Je reconnais Crystal de l'école.

Johnny prend la bouteille dans la main de Christian et se sert un shot. Je le regarde le vider d'un trait. Je suis soulagé qu'il ne me propose pas de boire, content de voir qu'il ne rend pas non plus la bouteille à Christian.

Je reviens tout de suite, me dit Johnny. Je l'attends quelques minutes tout seul, je le regarde adresser des signes de tête aux gens qu'il connaît puis faire un câlin à une des filles du canapé qui s'est jetée à son cou pour l'embrasser sur la joue.

Je reste d'abord près de la table sur laquelle sont posés un saladier de chips molles et de la sauce salsa, puis j'en attrape une poignée et je pars explorer la maison : des pièces sombres suivies d'autres pièces plus sombres encore, un jardin avec un brasero. Un groupe de mecs me fait baisser les yeux quand je franchis la porte vitrée, quatre rasés parmi lesquels je reconnais un type du Wash avec des tatouages qui lui remontent dans le cou, peut-être est-ce leur chef. Je les ai déjà vus traîner autour de Lanark. Ils ne nous ont jamais fait chier, moi et mes frères, ils sont toujours restés entre eux, mais alors que Crystal s'approche de moi, me pose la main sur l'épaule et me tend sa cigarette, je sens qu'ils m'observent.

Je suis contente que tu sois venu, me dit-elle en approchant son visage du mien. Elle a un regard légèrement vitreux. Elle porte un jean noir serré et un haut blanc vaporeux à travers lequel on devine son soutien-gorge rouge à fleurs. Crystal a une voix douce et des fossettes profondes quand elle me sourit, elle est aussi belle qu'à l'époque où je l'ai rencontrée dans la classe de Ms. Kim. Viens avec nous, dit-elle en montrant le canapé dans lequel est maintenant assis Christian, sa copine sur les genoux. Il se pousse pour faire de la place, juste de quoi asseoir une personne, et je sais bien que c'est exprès et qu'il croit me faire plaisir en s'arrangeant pour que Crystal vienne s'asseoir sur moi.

Ne t'inquiète pas pour eux, me dit-elle quand elle voit que je regarde les mecs de dehors, dont l'un continue de me fixer d'un regard mauvais. Il est juste jaloux parce qu'il ne peut pas m'avoir, chuchote-t-elle en se penchant encore plus près et l'odeur de sa peau brûlante m'excite quand elle passe son bras autour de mon cou.

J'ai dit à Johnny que je le retrouvais, mais je vous rejoins après, lui dis-je. C'est à ce moment-là que les gens commencent à se précipiter vers la porte vitrée pour voir ce qui se passe dehors, où des voix crient de plus en plus. Christian se lève du canapé pour se frayer un chemin dans la foule et je le suis.

Dans le coin de la cour plongé dans la pénombre, trois ou quatre types dérouillent un mec qui se couvre le visage, recroquevillé sur le sol. Dès que je vois que c'est Johnny, j'essaie de me dégager pour aller arrêter la bagarre et Christian m'attrape par l'épaule. Ne fais pas ça, me dit-il, c'est son initiation. Ils m'ont fait pareil et ça ne fait pas si mal, sourit-il. Quand je repousse Christian, le mec avec les tatouages dans le cou vient se planter devant moi. À ta place, j'écouterais ton gars, me dit-il en me regardant droit dans les yeux.

Je fais demi-tour et je passe devant Crystal qui me demande si tout va bien. Après avoir vu Johnny comme ça, j'ai les larmes aux yeux, et je ne sais pas où aller ni à qui parler, même si je m'efforce de ne pas montrer d'émotions. Je dis à Crystal qu'il faut que j'y aille.

Je t'accompagne, dit-elle en me prenant la main.

Une fois dehors, elle me promet que Johnny va s'en remettre, que ça fait un moment qu'il traîne dans le coin et qu'ils vont y aller mollo.

Ce n'est pas ça, le problème, lui dis-je. Il ne m'a jamais dit qu'il comptait les rejoindre.

Tu ne savais pas que c'était déjà fait ?

La nouvelle guerre que déclare le président en promettant de mettre fin à la présence d'Al-Qaïda au Moyen-Orient finit par tirer mon frère de son lit et le ramener à lui. C'est mon devoir, me dit Justin, de rejoindre l'armée.

Toutes ces vidéos de décapitation qu'ils foutent sur internet, ces enculés, il faut que ça s'arrête, affirme-t-il.

Alors il commence à s'entraîner, chaque matin, dès l'aube.

Avant de partir au lycée, je vais m'asseoir en haut du muret qui entoure le parking de la résidence et je regarde mon frère se préparer pour partir à la guerre. Sprints et abdos, pompes et squats, sans la moindre pause, un sac rempli de manuels scolaires sur le dos.

C'est dur de voir Justin aller si loin dans l'effort, tout le sang de son corps qui lui remonte au visage quand il cherche un second souffle. Mais je sais bien qu'ici, on peut avoir notre petite fenêtre de temps tous les deux. Quand il a terminé, il me rejoint près du mur et me montre les différentes façons dont son corps change, tout excité par sa transformation.

Et même si je ne suis pas d'accord avec son projet, même si je ne crois pas qu'il va vraiment entrer dans l'armée, ça ne veut pas dire que je ne l'admire pas. Pour sa façon de s'accrocher une fois que sa décision est prise, sa compréhension si personnelle des choses. Il ne m'interrompt pas quand je parle, ne me dit pas comment je devrais être. Justin écoute, toujours, et tient parole quand il dit que je peux venir le voir pour n'importe quoi.

Pourtant, au bout de quelques semaines de préparation, vers le mois de mai, mon frère change encore. Il devient plus distant, je ne le reconnais plus. Il ne me confie plus ce qu'il traverse, la nuit, et il perd de plus en plus de poids.

La dernière fois qu'on se parle, c'est quand je lui bloque le passage alors qu'il sort de notre chambre, pour lui dire de ranger son bordel qui déborde de mon côté. Sans prévenir, il me balance par terre et me cloue au sol. Les veines de son cou sont épaisses comme des cordes et il gueule en me regardant droit dans les yeux qu'il faut que j'apprenne le respect et qu'il ne me le répétera plus.

À partir de là, je demande chaque jour ou presque à Maman quand elle va le mettre dehors. Parce que de mon point de vue, Justin est déjà parti. Il peut bien se barrer à la guerre et ne jamais revenir, pour ce que j'en ai à foutre. Ça ferait un corps de moins dans notre minuscule appartement, une personne de moins à redouter.

Après les cours, Danny m'attend, appuyé contre mon casier, avec son téléphone à clapet, il prend des photos des cheerleaders en train de monter dans le bus pour accompagner le déplacement de l'équipe de foot du lycée. Il croit qu'elles ne remarquent pas son manège, bien qu'il ait l'air complètement con, avec Steven qui sourit à côté de lui en passant la langue entre ses lèvres charnues.

Avant, on rentrait tous les trois ensemble le vendredi, on s'arrêtait au 7-Eleven sur Sherman Way pour acheter un Slurpee et des Cheetos, on piquait des paquets de Skittles chacun notre tour pour rigoler un peu. Près d'une année s'est écoulée depuis les attentats et je me dis qu'ils ont dû passer à autre chose, comprendre que c'était débile de me tenir pour responsable d'un truc avec lequel je n'avais rien à voir.

Danny se plante devant moi pour me bloquer le passage. Il a le visage grave malgré son grand sourire. Je le bouscule un peu pour atteindre la molette de mon casier. Mon service commence dans une heure et si je suis encore en retard Daryl sera obligé de faire un rapport.

Reste tranquille, me fait Danny. T'es à la bourre, Oussama, ou quoi ?

Je pensais que t'aurais trouvé une nouvelle vanne, depuis le temps, lui dis-je, tandis qu'il se colle dans mon dos en me demandant si c'est ma mère, mon père ou quelqu'un d'autre qui m'a appris à fabriquer des bombes.

Je prends mon livre de cours, je me retourne face à Steven et lui et je referme mon casier.

Vous avez oublié qu'on a un contrôle d'histoire demain ? demandé-je.

Il paraît qu'il y aura une question sur les origines d'Al-Qaïda, dis-je à Danny, et je crois bien qu'il faut que tu révises, mon gars.

Danny s'approche de mon visage. Je le toise tandis qu'il fixe mon menton. Je sens un relent des wings épicées de ce midi dans son haleine. Alors, Oussama aime faire le chaud maintenant, hein ? dit-il.

On déconne, c'est tout, rigole Steven en venant se placer entre nous.

Ah ouais, tu crois ? fait Danny en l'écartant.

On dirait bien que cet enculeur de dromadaires mérite une bonne baffe pour apprendre à marcher droit, dit-il en faisant tomber mon livre par terre. Avant même de me baisser pour le ramasser, je visualise ce qui va se passer. Il continue de débiter ses saloperies sur le fait de me remettre à ma place et presse sa braguette contre le sommet de mon crâne pendant que je récupère mon bouquin. Je me redresse d'un coup et je lui mets un grand coup en travers de la tronche, j'entends le bruit de son nez qui s'écrase alors que je visais la joue, je voulais seulement qu'il se prenne la baffe dont il m'avait menacé.

Jaillit alors plus de sang que ce qu'un nez devrait pouvoir contenir, et il me hurle dessus et titube, la main en coupe, comme s'il allait réussir à stopper l'hémorragie et faire tout remonter dans ses narines.

Je m'attends à ce que Steven fasse quelque chose mais il reste planté là, hébété, son regard vide passant de la fontaine de sang à moi.

Attends un peu, enculé, tu vas payer, dit Danny, le visage dégoulinant de larmes.

Quand j'arrive au bout du couloir, je me mets à courir sans m'arrêter sur les cinq kilomètres qui séparent le lycée du travail, et j'arrive les poumons vides et si secs que chaque fois que je reprends ma respiration durant mon service, j'expulse un truc qui a un goût métallique.

Ce soir-là, quand on frappe à la porte, je sais déjà que c'est lui, qu'il est sans doute venu avec un copain pour la vengeance qu'il m'a promise. Nous sommes dans notre chambre, Justin écoute son Discman dans son lit tandis que je fais mes devoirs, et mon cœur se met à battre si fort que le bruit emplit mes oreilles. Quand Maman arrive pour me prévenir qu'il y a quelqu'un à la porte, je n'entends pas ce qu'elle me dit et c'est difficile de marcher droit sans tituber quand je la suis.

Danny regarde la moquette, le nez recouvert de pansements et rempli de coton, sa mère à côté de lui.

Regardez ce qu'a fait votre fils, dit-elle en montrant le pif de Danny, les yeux rivés sur le visage de Maman, sans m'adresser un regard. Heureusement, il n'a pas eu besoin de se faire opérer, mais le docteur a dû lui remettre l'os *fracturé* en place. Elle tient visiblement à ce que Maman s'imagine avec quelle force je l'ai frappé pour que son nez soit cassé.

Mrs. Garcia a pourtant dit elle-même que j'étais un bon petit. Elle nous a vus faire nos devoirs ensemble, Danny et moi. Elle m'a même pris à part un jour dans leur cuisine pour me dire que j'avais une bonne influence sur lui.

On n'a pas d'assurance, poursuit-elle, et j'ai une facture de mille huit cents dollars qui m'attend à l'hôpital.

Vous pouvez payer maintenant, fait-elle en haussant le ton, ou je vais devoir porter plainte si c'est ce qu'il…

Maman ne la laisse pas terminer. Elle s'éloigne de la porte pour aller chercher son sac dont elle sort son carnet de chèques, le même chéquier bleu plié en deux que je l'ai vue prendre hier à la banque pour renflouer son compte courant.

Je regarde Danny, qui baisse toujours les yeux, tandis que Maman remplit le chèque en s'appuyant contre l'encadrement de la porte pour écrire. Tout va très vite même si j'ai l'impression que nous sommes tous les quatre figés dans cet instant où Maman signe en bas du chèque et le détache pour le tendre à la mère de Danny. Mrs. Garcia demande alors si j'ai quelque chose à ajouter, et je ne vois pas pourquoi ce serait à *moi* de m'excuser.

J'attends que ce connard de Danny dise quelque chose mais il garde la tête baissée. Quand sa mère et lui s'en vont, Maman est déjà repartie, me laissant décider si je vais retourner à l'intérieur, expliquer à Justin ce qui vient de se passer, ou si je vais rester seul dans le couloir à repenser à tous les matins où j'ai entendu le réveil de Maman sonner, où je l'ai écoutée se réveiller sur le sol du salon, replier les draps et la couverture et partir dans le noir pour son service à l'hôpital.

Mille huit cents dollars. Maman ne m'a même pas adressé un regard quand elle a rempli le chèque, contrariée, une fois encore, de voir comme ça lui coûte cher de m'avoir pour fils.

En début de soirée, une file de voitures se forme sur Sherman Way, attendant de pouvoir entrer dans le parking. Je traverse la rue bien que je n'aie pas prévu de venir ici et je m'assois sur le trottoir, adossé au mur en parpaings. Des pères et leurs fils et quelques vieux musulmans entrent ensemble pour la prière de Maghrib, tandis que des groupes de femmes éparpillés attendent qu'ils soient à l'intérieur pour se faufiler par une autre porte.

La maison de Khuda est aussi votre maison, nous disait toujours Baba. Je monte le petit escalier qui mène à l'entrée, pour voir, l'espace d'un instant, ce que ça fait de revenir à la mosquée.

Tout le monde retire ses chaussures et les *Assalamu alaykum* flottent dans les couloirs étroits et feutrés. Après avoir été vandalisé, l'intérieur du bâtiment a été refait à neuf, il est maintenant propre et spacieux, débarrassé de la persistante odeur de renfermé de quand j'étais petit.

Je vois l'imam sortir de la cuisine avec un grand plateau d'argent pour proposer du thé et des sucreries. Je prends un gobelet en carton et quelques dattes. L'imam, calme et doux, me regarde droit dans les yeux puis me demande comment je vais, comme s'il avait tout le temps de discuter, et j'ai alors l'impression d'être de retour dans le jardin d'Hadji Āghā, avec mon grand-père et Āghā Zadeh. C'est comme si l'imam savait qui je suis, même s'il ne me reconnaît pas. Comment le pourrait-il ? Je ne suis plus un petit garçon amené ici par Baba. J'ai le menton et les joues couverts d'épais poils noirs depuis que je me laisse pousser la barbe.

Alors que je regarde les plus âgés entrer dans la salle du fond pour le wodzu tout en buvant mon thé, je décide de me joindre à eux pour la prière, pour essayer de parler à Dieu.

Je prends une place libre entre un père et son fils dans la salle des ablutions, je passe mes pieds sous le robinet, je me lave entre les orteils, je m'asperge les bras et le visage avec l'eau froide. L'appel à la prière de l'imam résonne dans le petit bâtiment. Je rejoins les hommes dans la salle principale.

Je me tiens debout, les orteils sur la ligne imprimée dans la moquette vert foncé, les bras le long du corps, environ un mètre derrière l'imam qui a pris place sur le minbar à l'avant de la salle. L'homme à ma droite me tapote l'épaule, les yeux noirs et polis, et me rappelle que nous sommes dans une mosquée qui appartient aux sunnites. Pour que Dieu entende tes prières, il faut que tu fasses comme ça, chuchote-t-il, en croisant les bras et en inclinant la tête. Pour lui montrer que ça n'a pas d'importance pour moi que la mosquée m'accepte ou non, je laisse mes bras où ils sont et je lève mon visage vers Dieu.

Bismillahi rahmani rahim, commence l'imam, et elle est toujours avec moi, cette première sourate du Coran que Baba nous a aidés à apprendre quand on était petits. Je chante doucement les versets tandis que les sonorités arabes remontent dans ma poitrine et dans ma gorge et se propagent dans tout mon corps. Et je ne me préoccupe pas tant du sens des mots, de ce que veut dire la prière, ou de savoir si Dieu va rejeter la mienne, tout ça parce que, comme l'a dit mon voisin, je ne la récite pas correctement. Je continue pour la sensation que me procurent les versets, pour ne plus avoir peur ni envie de me cacher, me souvenir qu'il y a toujours eu en moi autre chose que le petit Américain blanc que j'ai tant voulu être et auquel je ressemble. Depuis les attentats, j'ai cessé de prier, faisant comme si le namaz – son calme et son mouvement, la paix que je ressens dans le lien avec Dieu et l'amour pour le pays de mes parents – et toutes ces choses n'avaient jamais existé. Mais la mélodie de ces paroles anciennes, entonnées par la voix puissante et mélancolique de l'imam, me ramène en arrière, comme à ce magnifique pont que Khaleh m'a fait traverser avec mes frères à Ispahan, elle me conduit à cette partie de mon passé que j'ai essayé si fort d'effacer. Parce que cette partie de moi, c'est justement être américain, du moins à mes yeux, alors à partir de maintenant, je vais la protéger, la chérir, la chanter chaque soir avant de m'endormir – cette langue sacrée vers laquelle mon grand-père et son grand-père avant lui se tournaient quand ils regardaient vers Dieu, les paumes vers le ciel, prêts à recevoir toute bénédiction qui pourrait advenir.

Shawn me secoue pour me réveiller, il me colle le combiné sur la poitrine en me disant, C'est Baba au téléphone.

Il fait nuit dehors et je ne sais plus si j'ai dormi toute la nuit après avoir sombré dans le canapé en rentrant de mes examens ou si je n'ai fait qu'une sieste.

De quoi ? Quelle heure il est ?

C'est Baba. Shawn a sur le visage une expression que je n'ai pas vue depuis des années.

Mais pourquoi il appelle maintenant, putain ? demandé-je à mon frère, ne sachant pas s'il s'agit de l'une de ses blagues pourries.

Mais il est totalement sérieux. Allez, dit-il, lève-toi.

Je ne bouge pas et ferme les yeux. Je lui dis de me laisser tranquille.

Il veut te parler, insiste mon frère, qui laisse tomber le téléphone sans fil sur mon torse.

Il me tend la main et me relève du sofa.

Je reste assis une seconde, les pieds sur le sol, le sang battant dans mes tempes, le téléphone sur les genoux.

Qu'est-ce qu'il veut ? Mon frère reste debout devant moi et me dit que je n'ai qu'à prendre l'appel, que ça ne va pas me tuer.

J'entends le souffle lent et lourd de Baba dans le téléphone et j'attends.

Il dit mon nom, encore et encore.

Je suis là, dis-je enfin.

Chetori – comment tu vas ? demande-t-il.

Ça fait huit ans que je n'ai pas entendu la voix de Baba et je pensais, ou du moins j'avais espéré, qu'elle me paraîtrait différente, comme si elle appartenait à quelqu'un que je ne reconnais pas.

Mais il a exactement la même voix que dans mon souvenir, comme si nous avions été tous deux figés dans le temps. Il a une voix faible puis forte, triste puis effrayante, elle change si vite que c'est difficile, voire impossible, de s'arrêter plus de quelques secondes sur un même sentiment, comme quand j'étais petit et que je me trouvais auprès de lui.

Tu m'as manqué, dit Baba, tandis que je reste silencieux.

J'ai pensé à toi chaque jour depuis que vous m'avez quitté.

Je reviens et je veux que tu sois à l'aéroport quand j'atterrirai, poursuit-il, d'un ton sérieux.

Je me lève du canapé et flanque le combiné sur la poitrine de Shawn, qui me le relance aussitôt en me disant qu'il a déjà parlé à Baba, que c'est mon tour et qu'il faut que je le laisse au moins finir ce qu'il a à dire.

Tu es là ? demande Baba alors que je porte à nouveau le téléphone à mon oreille.

Pesaram, murmure-t-il en reniflant, mon garçon, mon…

Préféré, dis-je, le mot jaillissant de ma gorge.

Oui, reprend-il, il me dit que c'est si bon d'entendre ma voix, qu'il est tellement heureux de savoir qu'il va bientôt me revoir.

Comme je ne lui réponds pas, Baba énumère ses exigences, ce qu'il attend à son arrivée à l'aéroport, d'une voix dure et puissante, celle qu'il avait quand il était notre père.

Pas un jour ne passe sans qu'il regrette de nous avoir laissés partir mes frères et moi avec cette catin, dit-il en parlant de ma tante. Quelque chose s'enflamme alors sous ma peau, et si Shawn ne se tenait pas devant moi dans la pénombre, m'intimidant avec son corps épais, je dirais à mon père d'aller se faire foutre. Je me souviens pourquoi j'espérais ne plus jamais avoir de nouvelles de lui, pourquoi je voulais oublier qu'il était toujours en vie, oublier sa lourde respiration. Il me dit que son seul et unique souhait, c'est que nous soyons à nouveau une famille et sa voix se brise, comme si être père était un putain de rôle, qu'il devait convaincre son fils de sa peine.

Quand est-ce que tu rentres ? demandé-je brusquement.

Je serai là pour Norouz, répond-il, et je devine qu'il sourit au bout du fil. Ensemble, tous les cinq, dit Baba, comme avant. Tu te souviens quand on traversait le canyon de Malibu pour aller à la plage ?

L'Iran a changé, explique-t-il, doucement, l'air fatigué, alors que la raison pour laquelle il rentre après huit années a sûrement plus à voir avec le fait qu'Amu refusera toujours de fermer son école et de vendre le bâtiment, qu'il refuse de se laisser marcher dessus par son grand frère.

Le monde n'est plus pareil, pesaram, il n'y a rien pour moi ici. Je vais reconstruire ma vie là où elle doit se trouver, affirme Baba, qui voudrait que l'Amérique lui accorde une nouvelle chance, qu'elle soit heureuse du retour de mon père qui a un jour juré qu'il était le plus grand ingénieur que l'Iran ait produit.

Āghā Mohandes, c'est comme ça que les voisins d'Hadji Āghā le surnommaient : *Monsieur l'Ingénieur*. Et chaque fois que l'on était avec eux, il souriait fièrement et me tapotait la tête en me disant de bien écouter, que c'était à ça que ressemblait un homme respecté dans le monde entier.

Souviens-toi, dit-il, on n'a qu'un père dans cette vie, et un père se doit d'être avec ses fils.

En l'écoutant, le téléphone collé à l'oreille, je sais que c'est la dernière fois que j'entends la voix de Baba et je trouve pathétique qu'une part de moi le regrette, tout en sachant bien que je ne le reverrai plus jamais.

Je sais que je peux compter sur toi, chuchote Baba dans le téléphone, comme s'il essayait de venir me parler à l'oreille.

On se voit à l'aéroport, dit-il.

Prends soin de toi, Baba. C'est tout ce que j'arrive à dire avant de raccrocher.

Johnny ouvre la porte et, faisant semblant de ne pas avoir remarqué sa lèvre éclatée, je lui demande si sa mère travaille ce soir.

Ouais.

Prends ton hoodie alors. Le temps qu'il me demande où on va, je suis déjà au milieu du couloir et je lui crie de me retrouver en bas.

Je fais les cent pas dehors et quand Johnny passe la porte, j'enfonce la main dans ma poche, je tends le poing au-dessus de sa paume et y lâche de la monnaie. Ton cadeau d'anniversaire en avance, dis-je. Pour le bus.

Je passe devant et Johnny me suit vers le carrefour de Sherman Way et Topanga. Il y a un siège de libre entre deux personnes qui attendent sous l'abri mais on ne s'assoit pas, et chacun son tour on s'avance sur le trottoir pour regarder si le bus arrive.

Je parle finalement à Johnny de sa lèvre, de sa coupure au-dessus de l'œil. Je veux entendre sa version de la soirée où il s'est fait tabasser.

Ça ne fait pas aussi mal que ça en a l'air, dit-il avec un sourire forcé, tout en grattant la croûte au-dessus de son sourcil. Tu aurais dû voir Christian. Il rit. Ils l'ont bien défoncé.

Le bus se gare le long du trottoir. On va où ? demande-t-il.

Stoney Point, à Chatsworth. Ça fait un moment que Justin m'en parle. Il dit que, la nuit, on peut voir un tas d'étoiles, toutes les constellations dont on nous a parlé à l'école.

Cool. Johnny hoche la tête. Il me regarde avec insistance et un sourire exagéré. Il veut que je reconnaisse que c'était lui qui avait raison, à l'époque où j'avais peur de prendre le bus. Pas de toxico, pas de mec en chien qui cherche à baiser, personne ne va venir nous emmerder.

Après avoir glissé les pièces dans la fente, je le suis dans l'allée centrale, on passe devant une femme qui voyage seule, ses sacs de courses sur les genoux, puis une fille plus jeune qui a étendu les jambes sur son siège. Elle a un Discman dans la main et un casque noir sur les oreilles.

Je m'assois tout au fond, près de la vitre, le corps de Johnny serré contre le mien. Dès que les portes se referment et que la lumière s'éteint, une fois le bus reparti en vrombissant, je glisse la main dans la poche de son sweat à capuche. Je sens la chaleur de son ventre monter dans ma paume, dans mon bras et ma poitrine. Sa main reposant sur ma cuisse, je laisse mon regard se perdre par la grande fenêtre vers la bruine qu'illuminent les lampadaires.

Je regarde le paysage défiler et nous avec. Je niche ma main dans celle de Johnny. Je me dis que je n'ai pas envie que le bus atteigne notre arrêt. Toute la nuit rien qu'à nous, à rouler, peu importe la direction.

Je me détourne de la fenêtre et je raconte à Johnny l'appel de Baba, son retour d'Iran.

Ta mère ne va pas le laisser revenir chez vous, si ?

Je secoue la tête. Je pense pas, dis-je avant de me retourner vers la fenêtre pour regarder la pluie tomber doucement.

Peut-être est-ce parce que j'ai eu peur que les choses se terminent comme avec Justin et sa copine, qu'on se sépare en abandonnant la part la plus précieuse de nous-mêmes… Peut-être est-ce pour cela que je n'ai jamais dit à Johnny pour Baba et moi.

Mais je lui en parle maintenant, je lui raconte la nuit chez Hadji Āghā où Baba m'a rejoint sous les draps, m'a fermé les yeux et m'a retiré mon pyjama. Tandis que je lui explique ce qu'il m'a fait, je m'attends à ce que Johnny m'interrompe, qu'il me dise que c'est trop – mais non. Il m'écoute, retire sa main de ma cuisse, il s'est redressé sur son fauteuil. Il se tient droit, rigide. Ma voix se brise, des larmes commencent à couler comme la pluie sur les vitres du bus.

Je me tourne vers Johnny, je le regarde droit dans les yeux en me demandant comment j'ai pu croire que je ne pouvais pas partager avec lui la chose qui s'est passée entre Baba et moi.

Shawn et Justin aussi ? demande-t-il à voix basse.

Non. Je me rappelle Baba qui me chuchotait à l'oreille que j'étais son préféré, que ce serait notre secret.

Il n'y a plus entre nous que le vrombissement sourd du bus. Johnny se lève d'un bond et tire sur la cordelette jaune qui court le long de la vitre.

Ce n'est pas notre arrêt, lui dis-je, et avant que je puisse ajouter quoi que ce soit, on stoppe le long du trottoir et Johnny marche vers la porte.

Arrivé à la dernière marche, alors qu'il est en train de pousser la poignée, il se retourne et voit que je ne l'ai pas suivi.

Il revient à notre siège et me tend la main.

C'est bon, dit-il. Viens.

Johnny marche d'un pas décidé dans la rue humide et baignée de l'éclairage jaune des lampadaires. La sensation de la pluie qui bat mon visage me fait du bien. Johnny presse le pas, j'ai du mal à le suivre. Soudain, il s'arrête et quand il se retourne, il pose la main sur ma poitrine, doucement. Une petite traînée de morve claire lui coule du nez.

Écoute, dit-il, cherchant ses mots avant de poursuivre. Il me dit que les choses que Baba m'a faites, il aimerait pouvoir les effacer, toutes. Et j'entends dans sa voix éraillée qu'il avait compris que quelque chose n'allait pas, depuis très longtemps, et qu'il n'avait jamais su quoi dire.

On n'est pas obligés d'aller jusqu'à Stoney Point si tu n'as plus envie, lui dis-je.

C'est comme tu veux, me répond-il en essuyant la pluie qui coule sur ses joues.

Allons-y alors. On peut finir à pied.

D'accord. Il hoche la tête.

Sur Topanga, Johnny s'arrête à nouveau et se tourne vers moi. On va s'assurer qu'il ne te touche plus jamais. Tu le sais, ça, hein ?

Ouais, dis-je à Johnny, c'est le plan. Je rapproche son corps du mien pour pouvoir passer ma main dans la poche de son sweat, entremêlant mes doigts gelés aux siens.

Aujourd'hui, Justin part pour Fort Benning, en Géorgie, la base où il a choisi d'aller pour terminer son entraînement initial mais aussi pour se préparer au combat. Il fait encore une fois le tour de notre chambre pour vérifier qu'il n'a rien oublié d'important. Son sac en toile kaki avec notre nom de famille brodé sur le côté, un cadeau de Shawn, ne contient que le strict minimum.

Maman se tient près de la porte, les clés à la main, et détourne le regard. Shawn a les yeux remplis de larmes et me dit combien il est fier de notre frère. Il a une sacrée paire de cojones, dit-il. Shawn aime croire qu'il est bilingue en espagnol, comme si sa première langue n'était pas le farsi.

Quand Justin sort de notre chambre, je n'arrive pas à le regarder dans les yeux, je fixe notre nom sur son sac.

Ils ne vont pas dire que t'es dans leur camp ? demandé-je en désignant son paquetage.

Le camp de qui ?

Des terroristes.

Qu'ils essaient, rétorque-t-il immédiatement. À sa voix forte et dure et son regard sérieux, je vois bien qu'il ne plaisante pas. Que ce soit sur la base ou au front, si quelqu'un, n'importe qui, le traite de terroriste, il s'assurera qu'il ne recommence plus jamais.

Justin porte les chaussures montantes qu'il mettait chaque matin pour s'entraîner sur le parking, et il nous dit qu'il ne s'est jamais senti aussi bien. Il a les idées claires, il n'a pas peur, il nous dit qu'il connaît sa mission.

Une dernière chose, annonce Maman en refermant la porte d'entrée juste après l'avoir ouverte, ce qui fait soupirer puis sourire Justin. Maman, je t'ai déjà dit que je ne pouvais rien faire entrer d'autre dans mon sac.

Maman sort du congélateur un Tupperware de kuku sabzi cuisinés exprès pour lui, elle ouvre son sac de toile et les glisse dedans. Pour quand tu auras faim, assène-t-elle. Et comment pourrait-il refuser ?

Sur le pas de la porte, Shawn serre Justin dans ses bras plus fort que je ne l'ai jamais vu faire et il l'embrasse même sur les deux joues, comme Khaleh quand elle nous avait dit au revoir à l'aéroport de Téhéran. Fais attention à toi, dit-il à Justin, qui ramasse une nouvelle fois son sac et m'attend sur le seuil.

J'arrive de la cuisine en essayant de ne pas penser à ce qui va arriver à mon frère. À cet instant, il sourit et a un regard doux, et j'essaie de me concentrer sur ça.

Peu importe où tu vas atterrir, me dit-il. Dès que j'aurai une permission, je viendrai te voir, dit Justin en ouvrant la porte avant de la refermer derrière lui une dernière fois.

Quand je rentre du travail ce soir-là et que je retire mes chaussures à la porte, l'odeur fétide de mes pieds suants se propage à nouveau dans tout l'appartement. Tu as vraiment le pied d'athlète, m'a répété Shawn, mais c'est impossible d'obtenir un rendez-vous au centre médical de Sherman Way où nous allions enfants, alors j'ai laissé tomber.

Maman sort de la salle de bains en se couvrant le nez avec son col. To-ro khodā, me dit-elle en me montrant mes chaussures, débarrasse-t'en.

Elle va ouvrir la fenêtre du salon et agite la main sous son nez, ce qui me fait exploser de rire. *Peeeeef*, fait-elle, sous son col, comme quand Shawn pète devant nous, *pour nous divertir*, comme il le dit chaque fois qu'il lâche une grosse caisse bien dégueulasse, prenant soin de ne sortir de la pièce qu'après avoir parachevé son chef-d'œuvre.

Maman prend un verre dans le meuble vitré du salon et se sert un chaï bien qu'il soit près de minuit.

Elle s'assoit sur le canapé, un album photo ouvert sur les genoux. C'est ma préférée, dit-elle en sortant une photo de Justin assis en tailleur sur le sol de la salle de jeux de notre ancienne maison, entouré de petites tours en Lego. Il fait un grand sourire pour Baba, le flash fait briller ses gencives roses et ses minuscules dents blanches, on devine les fossettes sur ses joues.

Il a l'air tellement heureux, lui dis-je.

Il était tout le temps comme ça quand il était petit ? demandé-je, et Maman hoche la tête. Même quand il était bébé, ton frère était si calme et doux…

J'aurais bien aimé être là pour voir ça, plaisanté-je en reposant la photo sur la table basse pour lui tendre la main. Ça a été une longue journée, Maman, il faut aller se coucher.

Elle écarte ma main et me dit qu'elle n'a pas sommeil. Puis elle m'avoue que ça lui manque d'avoir mon frère à la maison, et je ne peux alors retenir un rire. Je lui rappelle qu'il n'est parti que ce matin.

Et puis de toute façon, ce n'est pas comme si vous aviez passé votre temps à discuter quand il était là.

Ça ne change rien, répond-elle. Il habitait ici, non ?

Maman prend la photo sur la table basse. Aide-moi à l'encadrer et à l'accrocher au mur, dit-elle en m'indiquant le hall d'entrée.

Je lui promets de m'en occuper demain.

Tu dis toujours ça mais ensuite tu oublies. Elle secoue la tête et va au comptoir de la cuisine, où elle allume sa petite radio. La seule station qu'elle écoute, c'est 670 AM, une succession ininterrompue de journalistes, intellectuels et avocats iraniens qui discutent de l'actualité, de la guerre au Moyen-Orient. Je sors une photo d'elle et de Khaleh coincée entre les pages de l'album et je la lui montre. Elle a été prise quand ? demandé-je d'une voix douce par-dessus la radio.

Celle-là ? soupire Maman.

Je ne me souviens plus exactement. Elle revient s'asseoir à côté de moi sur le canapé. Mais c'était quand Khaleh vivait encore à Ispahan. Regarde comme on était jeunes. Elle sourit.

Maman et sa sœur sont ensemble sur le pont de Khaju, là où nous sommes allés, avec mes frères et ma tante, au milieu des centaines d'habitants de la ville assis dans l'herbe du parc. J'ai adoré écouter leurs voix et leur accent farsi, si doux, si coulant et facile, se glisser dans le lit du fleuve en contrebas. Et maintenant, chaque fois qu'on me pose la question, je me souviens avoir eu le sentiment que mes frères et moi étions en mesure de dire que nous avions nos racines quelque part, que nous pourrions expliquer à nos amis de la vallée d'où notre famille était originaire – décrire les sons, les paysages et les odeurs de l'Iran –, leur décrire la peine intime que nos parents avaient dû enfouir profondément dans la terre de leur pays, que tout cela faisait partie de ce que nous étions. Porter en nous la longue histoire esthétique et artistique de l'Iran, sa noirceur aussi.

Ne l'abîme pas, dit Maman en parlant de mes doigts gras qui laissent des empreintes sur la photo.

Comment ça se fait que tu ne nous aies jamais demandé comment ça s'est passé pour nous en Iran ?

Elle se recule dans l'angle du canapé, tenant son verre de chaï à deux mains sur ses genoux. Bien que son regard soit toujours posé sur moi tandis que j'attends qu'elle dise quelque chose, elle ne répond pas. Elle regarde notre reflet dans la fenêtre sombre – ou peut-être pas. Peut-être que ce que Maman choisit de regarder est différent de la façon dont je nous vois : moi, tourné vers elle, tout près d'elle, à attendre qu'elle parle.

Mais il s'étire, ce silence de plus en plus profond entre Maman et moi, et il me repousse toujours plus loin, comme si j'étais dans la chambre chez Hadji Āghā, en train de murmurer son nom, de l'appeler, coincé là-bas sans qu'elle puisse m'entendre, sans qu'elle apparaisse. Je dépose la photo sur ses genoux.

Au bout d'un moment, elle baisse le regard puis relève la tête, les yeux rouges et humides, un peu moins distante.

Quand Khaleh nous a emmenés sur ce pont, dis-je pour reprendre la conversation, puisque Maman refuse de le faire, elle nous a raconté que vous y alliez tout le temps toutes les deux.

Maman acquiesce pour elle-même, puis se penche et repose son verre de thé sur la table basse. Je m'en souviens, dit-elle, en se tournant vers moi tandis que j'attends que les mots lui viennent.

Très tard, la nuit, Khaleh m'emmenait m'asseoir au bord du fleuve – et il n'était pas vide comme aujourd'hui. Il était plein. On avait des poissons, des plantes et de l'eau fraîche, c'était si beau. C'était notre endroit préféré.

Khaleh a dû te raconter comment elle a appris à conduire, me dit Maman.

Naa.

Yavāshaki, quand Baba-jan dormait, elle se glissait dans sa voiture pour s'entraîner. Elle conduisait sans permis ni autorisation, dit Maman avec un rire bref mais sonore. Tu te rends compte ?

Mais il n'a pas fini par la surprendre ? demandé-je. Khaleh m'a dit qu'une nuit il l'avait attendue près de la porte avec une énorme branche qu'il avait ramassée dans le jardin.

Maman opine. Ça ne l'a pas empêchée de recommencer, me dit-elle. Et quand il a essayé de la marier, j'ai été la seule à savoir qu'elle comptait partir. Au début, je ne l'ai pas crue, elle avait dix-huit ans, pourquoi ne voulait-elle pas se marier ?

Alors c'est pour ça que Khaleh habite à Téhéran ? Elle est partie à cause de Baba-jan ?

Āreh, acquiesce Maman. Et pendant des années, elle n'est pas revenue, jusqu'à ce qu'elle apprenne que j'allais épouser ton baba.

Tu sais que je ne serai pas là quand il rentrera pour Norouz, hein ?

Elle ne hoche ni ne secoue la tête mais ses yeux se remplissent de larmes, me confirmant qu'elle a compris ce que je voulais dire par là.

Des larmes tombent sur la photo qu'elle tient sur ses genoux. C'est la première fois que Maman s'autorise à pleurer devant moi, fort, en se couvrant la bouche avec le dos de sa main.

Je me tais, écoutant notre passé qui se dresse maintenant entre nous. Le visage de Maman est empreint de tristesse quand elle entre en elle-même par effraction. Elle me montre sa douleur, elle ne m'a jamais paru aussi proche. Et tandis qu'elle se sert de son cœur pour fendre la nuit, dans cet entre-deux du vide – plus de mots ni de questions, plus de disputes ni de cris pour me dire qu'elle va me forcer à rester ici –, elle me montre qu'elle sait bien que ce que je ressens n'est pas mal. Elle ne peut pas remplacer ce qui m'a été arraché, ce que j'ai perdu. D'autres choses m'attendent, bien sûr, mais pas ici.

C'est d'abord difficile de reconnaître sa voix au bout du fil, plus grave, plus adulte que la dernière fois que je l'ai vu, il y a près de deux mois. Mon frère me dit qu'une fois qu'il aura fini le camp d'entraînement, il commencera une nouvelle phase de préparation, plus avancée.

J'ai été admis dans les Forces spéciales, m'annonce-t-il fièrement, m'expliquant ce que ça signifie, décrivant la petite unité d'élite dont il fera partie et qui sera déployée en Afghanistan dans moins d'un an.

Tu ne peux pas faire autre chose ? demandé-je. Tu as toujours été super fort en maths et en sciences.

Ouais mais c'est ça que je veux.

Te faire tuer ? ai-je envie de demander. Parce que, de ce que j'entends, la liste des victimes de la guerre s'allonge chaque jour, des bombes explosent dans les hôpitaux et sur les marchés. Il y a de grands risques pour que mon frère soit abattu ou saute sur une mine et qu'on nous demande alors d'identifier les morceaux de son corps. J'aimerais savoir à quoi ressemble le regard de Justin maintenant qu'il est loin de la maison. Je me demande combien il a changé, s'il a changé. Je veux savoir à quoi il ressemble avec sa coupe militaire, si ça l'a attristé de couper ses longs cheveux noirs.

Il m'en dit un peu plus sur le camp d'entraînement. L'unité à laquelle il a été affecté, l'impression qu'il est le meilleur – en fait, il en est même certain car, de toutes les recrues, c'est lui qui a eu les meilleurs résultats aux tests physiques, il a même impressionné le sergent instructeur avec son score presque parfait. Justin a l'impression que c'était sa vocation depuis le début, qu'il était préparé à ça bien avant d'arriver au camp, à repousser ses limites mentales et physiques, et il est heureux d'avoir trouvé un moyen de mettre cela à profit.

Juste une minute, lance-t-il à quelqu'un. Puis il reprend, assez fort pour que le soldat de son escouade qui est venu le presser entende et le lâche un peu, On a droit à une heure pour tout le monde et ces mecs adorent squatter le téléphone. Il me dit que c'est son premier appel et qu'ils peuvent bien attendre.

Il faut que je quitte la vallée, lui dis-je en espérant que ça le fera changer d'avis sur le fait de partir au front, qu'il aura peut-être envie de me rejoindre à la fin de son service.

T'es sérieux, j'espère, s'exclame-t-il, tout excité, je l'entends sourire et déambuler avec le téléphone.

T'as besoin que je te dépanne ? demande-t-il. J'ai touché un peu de thunes en m'engageant. File-moi ton numéro de compte et je te transfère de quoi t'aider.

J'ai pas mal économisé sur mon salaire, lui dis-je. Ça va aller.

Maintenant que j'ai de nouveau toute son attention, je lui demande s'il se souvient de la nuit où je l'ai retrouvé dans la cuisine alors qu'il rentrait de sa grosse soirée, quand il m'avait parlé de Vanessa pour la première fois.

Il rapproche le téléphone de sa bouche. Ouais, bien sûr. Pourquoi tu me demandes ça ?

Je n'ai jamais oublié, lui dis-je. Tu avais un regard magnifique, comme si chaque partie de toi rayonnait parce que tu étais tombé amoureux.

Tu penses que ça m'arrivera à moi aussi, que je ressentirai un jour quelque chose comme ça ?

Justin ne dit rien, il reste muet, un silence qui dit que j'ai remué des souvenirs douloureux.

Il soupire.

Cette lueur que tu crois avoir vue dans mes yeux, me dit Justin, *tu l'as déjà*, frangin. Je me souviens que j'en étais jaloux. Quand on était petits, la façon dont Johnny et Cynthia, Maman et tout le monde… le sourire sur leur visage chaque fois qu'ils te voyaient, leur envie de toujours t'avoir près d'eux…

Si tu dois partir, me dit-il, il faut que ce soit parce que c'est ce que tu veux *toi*, pas parce que tu t'échappes. Si tu commences à fuir aujourd'hui, crois-moi, tu passeras le reste de ta vie à courir.

Tu comprends ce que je te dis ?

Je crois. J'entends des rires derrière lui.

Écoute, les mecs ne vont pas me lâcher, il va falloir que je raccroche pour qu'ils ferment un peu leur gueule.

Avant qu'il parte, je demande à Justin s'il m'écrira pour me dire où il va être envoyé.

Il me promet de le faire, nous restons silencieux un instant, puis un autre, jusqu'à ce qu'enfin Justin raccroche.

Noël est différent cette année. Les températures chutent d'une vingtaine de degrés, ce qui change du soleil qui cogne habituellement. Il n'est même pas 16 heures et déjà la journée me paraît interminable, je n'ai pas eu grand-chose à faire. Ce matin, Maman est partie à l'hôpital, elle enchaînait deux gardes. En temps normal, je serais allé chez Cynthia pour manger son arroz con gandules de fête, mais Johnny m'a dit que ce n'était pas la peine de venir cette année car il serait ailleurs avec Christian.

Ce n'est pas comme si on avait toujours fêté Noël tous ensemble comme tant d'autres familles, mais ça ne rend pas la solitude plus facile à supporter. Je ne peux plus rester dans le canapé à faire semblant de dormir.

Alors je vais à Lanark, en prenant soin de rester sur le chemin éclairé qui contourne le parc. Je m'arrête à chaque carrefour pour regarder. L'aire de jeux est silencieuse, il n'y a pas de barbecue, pas de musique, tout est désert. J'ai pris mes chaussures de basket dans mon sac, au cas où. Peut-être que je trouverai des types qui font un petit match sur le terrain de Shawn avant d'aller à leur réveillon.

Je vais à l'église abandonnée en dribblant entre mes jambes, je suis loin d'avoir le niveau de mon frère mais le bruit sourd du caoutchouc heurtant le béton a une familiarité réconfortante.

Sauf que c'était débile de croire qu'il y aurait des gens en train de jouer dans le froid. Le terrain est désert, tout le monde est rentré chez soi.

Par la fenêtre éclairée d'un appartement en face de l'église, j'épie une famille réunie dans son salon : sans les rideaux, c'est facile de les regarder dresser leur longue table de fête. Comme disait Christian, c'est le moment de l'année où débarquent toutes les tias et les tios – tous autour du gros sapin illuminé, les beaux couverts et les jolies assiettes, un énorme jambon qui trône sur la table.

Je m'allonge au milieu du terrain, bras et jambes écartés, comme le père de Johnny quand il nous a montré comment faire un ange dans la neige. Je souffle de petits nuages blancs et je les regarde disparaître.

Le truc, c'est que même si ma famille avait envie de passer du temps avec moi, je ne voudrais pas être avec eux, je ne saurais pas quoi leur dire. Je veux une autre famille, une nouvelle…

Nique cette ville, hurlé-je en me relevant. Je balance de toutes mes forces le Spalding de Shawn vers le panier, sans regarder où il termine sa course.

Je quitte cette ville comme le jour où Baba nous a enlevés, mes frères et moi. Je prends le bus pour LAX et en arrivant au terminal, je me souviens comme l'aéroport m'avait semblé gigantesque. Une ville à part entière. Et dans mon corps je ressens encore cette nuit où nous avions été emmenés ici tous les trois, endormis, perdus, ne désirant rien de plus que rester chez nous. Cette fois, c'est moi qui décide. Et ce n'est pas parce que Baba revient que je pars – je pars parce que je dois trouver ma place. C'est à New York que mon père a pu être jeune et libre. Je veux savoir ce que ça fait. Non seulement pour moi, mais pour le partager, pour vivre jeune avec les autres.

J'ai avec moi la petite valise à roulettes que j'ai retrouvée au fond du placard, celle avec laquelle je suis rentré d'Iran. Elle renferme mes chaussures de travail antidérapantes, des T-shirts et des jeans, la grosse doudoune bleue que Johnny a tenu à ce que j'emporte.

J'aurais pu prendre un Greyhound, ce qui aurait été bien moins cher et bien plus pratique, mais je redoutais de descendre du bus quelque part entre L.A. et New York, submergé par l'ampleur de ce que j'entreprenais. En montant dans un avion pour un vol direct, je n'aurai pas d'autre choix que d'arriver. Je sais que c'est ce que je dois faire pour que ma vie devienne mienne, pour qu'elle devienne réelle. Je pourrai enfin voir et avoir ce qui jusqu'à présent vivait seulement en moi – ce bourdonnement constant de couleurs et de rêves, cette envie d'autre chose, toujours plus que la vie que la vallée m'offrait.

Les passagers font la queue à l'intérieur du terminal, il y a des renforts à la porte d'embarquement, et la file d'attente se replie sur elle-même en méandres comme un labyrinthe. Les mesures de sécurité sont très différentes de la dernière fois où je suis venu ici, mais à l'époque les tours jumelles se dressaient toujours vers les cieux.

Je prends place dans la file, ma carte d'embarquement à la main. J'ai l'impression que mes genoux vont se bloquer. Mon cœur bat à tout rompre. Quand j'étais petit, alors que l'on roulait vers la maison de quelqu'un que je ne connaissais pas, un fidèle de la mosquée qui avait accepté d'accueillir chez lui, tout au fond de la vallée, la séance hebdomadaire de lecture du Coran, Baba m'a demandé si j'avais choisi ce que je voulais faire quand je serais grand. Sa question m'avait surpris, comme le fait qu'il attende une réponse immédiate, comme s'il m'avait déjà montré comment décider ce que je voulais devenir, comment trouver ce que j'aime faire. Je n'en avais aucune idée et je ne sais toujours pas. La seule chose qui me reste vient de la classe de Ms. Kim, quand je la regardais réciter soigneusement chaque mot du concours d'orthographe hebdomadaire. Peu importait s'il était simple ou non, la façon qu'elle avait de se tenir et de le faire résonner dans la classe nous donnait l'impression que tout mot était sacré. Peut-être Khaleh ressentait-elle cela elle aussi. C'est peut-être pour ça qu'elle a demandé à Maman de m'offrir le livre de Forough avant mon départ. Passant les doigts sur la page cornée sur laquelle s'étiraient les courbes et les points si jolis, Maman m'a lu ses vers – *Je saluerai encore le soleil / Le ruisseau qui coulait en moi […] Je viens, je viens, je viens / Et le seuil débordera d'amour.* C'étaient les notes d'une chose si pure, les désirs de Forough aussi forts que ma faim, qui me promet plus et plus encore, plus de chaleur quand sa lumière percera – je la sens, qui me pousse à avancer.

Suivant, lance l'agente des douanes d'une voix forte.

Je m'approche.

Je lui tends ma carte de lycéen et ma carte d'embarquement, je me force à sourire comme on m'avait forcé à le faire pour la photo prise le jour de ma rentrée en terminale.

Elle étudie ma pièce d'identité plus longuement que les autres puis appelle son collègue, à moins que ce ne soit son supérieur car son uniforme à lui n'est pas bleu. Il prend lui aussi un moment pour observer ma carte et mon billet, ce qui bloque la queue derrière moi.

Le nom sur la carte d'embarquement ne correspond pas à celui indiqué sur votre pièce d'identité, dit-il enfin.

C'est quoi, votre nom complet ? demande-t-il avec un accent qui ne trouve pas ses racines à Los Angeles, qui doit venir d'une partie du pays que je ne verrai sans doute jamais. Je bredouille la réponse en sortant mon passeport.

Il le regarde, le retourne puis le brandit à côté de moi, ses yeux bleus et doux fixés sur mon visage, comme s'il cherchait quelque chose dans mes yeux et ma barbe.

Comment ça se prononce, votre prénom, jeune homme ?

La question me prend de court.

Je soutiens son regard et réponds.

Mon nom tout entier emplit ma bouche, ma poitrine.

L'agent ne me le redemande pas et me souhaite un bon vol. Je passe la porte et je dis mon prénom, encore et encore. Je m'entraîne à le prononcer, je l'écoute s'élever.

REMERCIEMENTS

Il était très improbable que j'arrive à cette page et sans toi, cher lecteur, cela n'aurait pas été possible. Comme nous le disons souvent, nous les Iraniens, dastetoun dard nakone – *merci* de m'offrir le privilège d'être là –, je prie pour que jamais tes mains ne s'épuisent et qu'elles ne connaissent jamais la douleur.

À l'équipe qui a rendu cette production possible : les généreuses personnes qui ont contribué au financement si nécessaire de mon MFA ; Wendy S. Walters, qui m'a montré ce que cela signifie d'éprouver et d'écouter chaque mot sur la page ; Alice Quinn, qui m'a fait découvrir la poésie ; Jodee Davis, qui m'a aidé à me souvenir ; Heidi Julavits, dont les ateliers d'écriture m'ont montré que la fiction pouvait dire la vérité ; Martin Pousson, qui a répondu rapidement et généreusement, depuis la terre natale d'Oscar Wilde, et qui m'a pris sous son aile quand je me suis présenté par e-mail en 2015 ; Hannah Shealy et la famille Shealy pour m'avoir trouvé un foyer ; Guy Philip, le gourou de la caféine ; Tara Grbovic, qui m'a montré ce que c'est d'être artiste ; Simon Toop et l'extraordinaire équipe de la Clegg Agency, et bien sûr le légendaire Bill Clegg en personne, qui m'a offert une vie vers laquelle tendre ; Parisa Ebrahimi, qui m'a donné du temps pour écrire et écrire, la possibilité de tomber, d'échouer et de réussir – je ne pense pas exagérer quand je dis que nous avons réécrit ce roman mille et une fois exactement ; David Ebershoff qui a gentiment demandé si j'avais d'autres pages à lui envoyer, pages qui ont changé ma vie ; Isabel Wall, qui m'a écouté et guidé chaque fois que je l'ai appelée ; les services graphisme, marketing, presse et production chez Hogarth (Penguin Random House) qui ont fait un travail extraordinaire ; Ojan Assadolahi, qui m'a maintenu en forme grâce à des séances de rire régulières ; mes deux frères aînés, que j'aime fort et avec lesquels j'apprends chaque jour, et ma mère, oh, Mami-joon – *merci*, je t'envoie un million de remerciements, je t'embrasse un millier de fois, et pour toujours.

*

Le traducteur remercie chaleureusement Pollet Samvelian et Nathanaël Caillard pour leur expertise en matière d'orthographe du persan et de terminologie du basket.

Table

Composition : Utibi.
Achevé d'imprimer par Grafica Veneta S.p.A.
à Trebaseleghe (Pd), en août 2024.
Dépôt légal : août 2024.

ISBN 978-2-207-17708-2 / Imprimé en Italie.

598269